阅 读 是 一 切 美 好 的 开 始

梁·实·秋·散·文·精·选

梁实秋 / 著

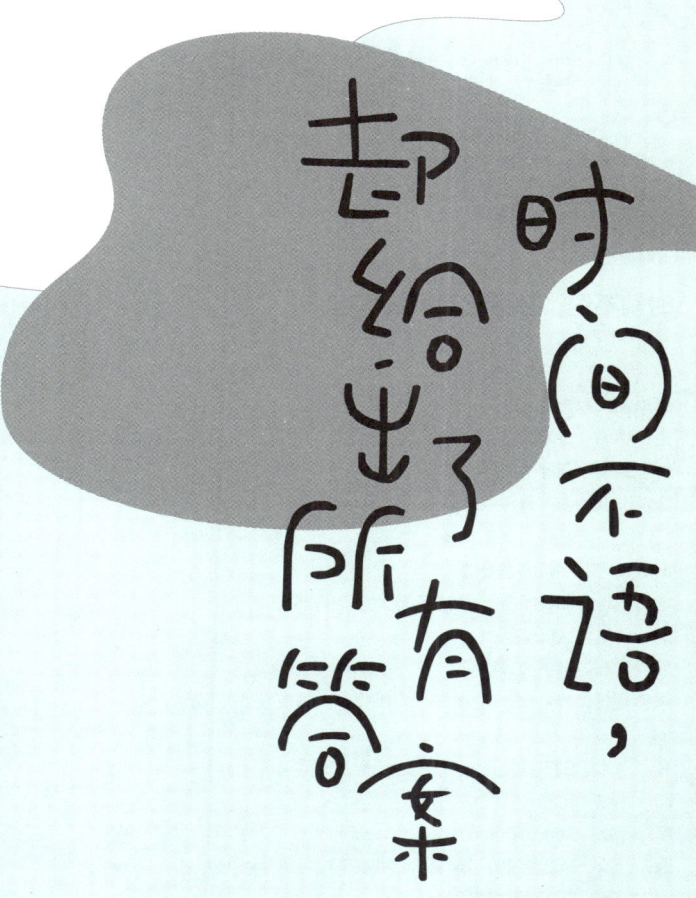

时间不语,却给出了所有答案

中国画报出版社·北京

图书在版编目（CIP）数据

时间不语，却给出了所有答案 / 梁实秋著. -- 北京：中国画报出版社，2022.12
ISBN 978-7-5146-2170-9

Ⅰ.①时… Ⅱ.①梁… Ⅲ.①散文集－中国－现代 Ⅳ.①I266

中国版本图书馆CIP数据核字（2022）第210970号

时间不语，却给出了所有答案
梁实秋　著

出 版 人：方允仲
责任编辑：郭翠青
助理编辑：王子木
责任印制：焦　洋

出版发行：中国画报出版社
地　　址：中国北京市海淀区车公庄西路33号
邮　　编：100048
发 行 部：010-88417360　010-68414683（传真）
总编室兼传真：010-88417359　版权部：010-88417359

开　　本：32开（880mm×1230mm）
印　　张：8.25
字　　数：160千字
版　　次：2022年12月第1版　2022年12月第1次印刷
印　　刷：河北朗祥印刷有限公司
书　　号：ISBN 978-7-5146-2170-9
定　　价：49.80元

道阻且长,行则将至

愿所有前路迷茫者寻得远方

一应终末,皆为新生

富含人性之美的文学，
能够经历时间的长河的洗涤，而不被淘汰。

人苦于不自知。

人不读书，则所为何事，
大概是陷身于世网尘劳，困厄于名缰利锁，
五烧六蔽，苦恼烦心，
自然面目可憎，焉能语言有味？

一个人这辈子最不应该的就是
"过别人希望你过的生活"。

时间不语,却给出了所有答案
目录

辑壹

目光放远
万事皆悲

002 生日
005 谈徐志摩
055 树犹如此
058 干屎橛
061 匿名信
066 割胆记
074 饭前祈祷
078 汽车
082 乞丐
086 让

辑贰

因为自由
所以温柔

090　客
094　萝卜汤的启示
096　鱼梯
099　理发
103　关于苹果
106　制服
108　计程车
113　由熊掌说起
117　流行的谬论

辑叁

世间百味
随心不逾

128 包装
132 蚊子与苍蝇
135 天气
139 狗
142 球赛
146 书法
150 照相
154 衣裳
158 铜像

辑肆

温润岁月 执着善良

162　画梅小记
165　与莎翁绝交之后
172　『岂有文章惊海内』
　　——答丘彦明女士问
204　文艺与道德
209　不要被人牵着鼻子走！
　　——怀念胡适之先生
213　新年献词
215　二手烟
218　广告

辑伍　人生苦短 再来一碗

224　豆腐
227　笋
230　汤包
233　栗子
236　佛跳墙
240　鲍鱼
243　韭菜篓
245　烙饼

辑壹

目光放远 万事皆悲

我们生到世上全非自愿。来的时候不曾征求我们的同意,将来走的时候,亦不会征求我们的同意。

生日

我们是从哪里来的，我们不知道，我们最后到哪里去，我们也不知道。

生日年年有，而且人人有，所以不稀罕。

谁也自己不会知道自己的生日是在哪一天。呱呱坠地之时，谁有闲情逸致去看日历？当时大概只是觉得空气凉、肚子饿，谁还管什么生辰八字？自己的生年月日，都是后来听人说的。

其实生日，一生中只能有一次。因为生命只有一条之故。一条命只能生一回死一回。过三百六十五天只能算是活了一周岁。这年头，活一周年当然不是容易事，尤其是已经活了好几十周岁之后，自己的把握越来越小，感觉到地心吸力越来越大，不知哪一天就要结束他在地面上的生活，所以要庆祝一下也是人情之常。古有上寿之礼，无庆生日之礼。因为生日本身无可庆。西人祝贺之词曰："愿君多过几个快乐的生日。"亦无非是祝寿之意。寿在哪一天祝都是一样。

我们生到世上，全非自愿。佛书以生为十二因缘之一，

"从现世善恶之业,从世还于六道四生中受生,是名为生"。糊里糊涂地,神差鬼使地,我们被捉弄到这尘世中来。来的时候,不曾征求我们的同意,将来走的时候,亦不会征求我们的同意。我们是从哪里来的,我们不知道,我们最后到哪里去,我们也不知道。我们所知道的就是这生、老、病、死的一个断片。然而这世界上究竟有的是良辰美景赏心乐事,否则为什么有人老是活不够,甚至要高呼"人生七十才开始"?

到了生日值得欢乐的只有一种人,那就是"万乘之主"。不需要颐指气使,自然有人来山呼万岁,自然有百官上表,自然有人来说什么"一人有庆,兆民赖之",全不问那个"庆"字是怎么讲法。唐太宗谓长孙无忌曰:"某月日是朕生日,世俗皆为欢乐,在朕翻为感伤。"做了皇帝还懂得感伤,实在是很难得,具见人性未泯,不愧为明主,虽然我们不太清楚他感伤的是哪一宗。是否踌躇满志之时,顿生今昔之感?在历史上,最后一个辉煌的千秋节该是清朝慈禧太后六十大庆在颐和园的那一番铺张,可怜"薄海欢腾"之中听到鼙鼓之声动地来了!

田舍翁过生日,唯一的节目是吃,真是实行"鸡猪鱼蒜,逢著则吃;生老病死,时至则行"的主张,什么都是假的,唯独吃在肚里是便宜。读莲池大师《戒杀》文,开篇就说:"一曰生日不宜杀生。哀哀父母,生我劬劳,己身始诞之辰,乃父母垂亡之日也!是日也,正宜戒杀持斋,广行善事,庶使先亡考妣，早获超升，见在椿萱，增延福寿。何得顿忘母难，杀害生灵，上贻累于亲，下不利于己？"虽是蔼然仁者之言，但是不合时尚。祝贺生日的人很少吃下一块覆满蜡油的蛋糕而感到满意的，必须七荤八素地塞满肚皮然后才算礼成。过生日而想到父母，现代人很少有这样的联想力。

谈徐志摩

人生的路途，多少年来就这样地践踏出来了，你说它是蔷薇之路也好，你说它是荆棘之路也好，反正你得乖乖地把它走完。

一

一九三二年十一月的一晚，我的青岛鱼山路四号的寓所有敲门声，时已十一点多钟，我已入睡。季淑说："这样晚还有客来？"我披衣下楼，原来是杨今甫（振声）先生派人送信来。纸条上写着："请示志摩沪寓地址。"我觉得奇怪，志摩时而在北平，时而在上海，但是多半时候是在北平，要他的上海住址做什么呢？我在条上批写"上海福煦路新村×号"，上楼重复入寝。

第二天早晨，到青岛大学去上课，课毕踱到楼上校长室，想问个究竟。王秘书在外间办公，面对着窗，我没和他打招呼，一直冲进内间，今甫的脸色很严肃，这一回没有笑脸相迎，坐在转椅上发愣。他说："你知道了么，志摩死啦！"这真是晴天霹雳，我怔住了。我那时是个三十岁的人，从来没想到过"死"，而像志摩那样一个生龙活虎般的人如何能和"死"联在一起？

今甫说，他接到济南何仙槎厅长的电报，电文很简略，只是说："志摩乘飞机在开山失事，速示其沪寓地址。"飞机失事，当然乘客没有幸理。志摩已死，是一定的了。这消息很快地散布开，闻一多、赵太侔都来了，相顾愕然，无话可说。一阵惊骇的寂静过去，我们商量应该做些什么事，最后决定由沈从文专赴济南探询一切。

沈从文一向受知于徐志摩，从北平《晨报副刊》投稿起，后来在上海《新月》杂志长期撰稿，以至最后被介绍到青岛大学教国文，都是志摩帮助推毂；所以志摩死耗给他的打击是相当沉重的。沈从文一声不响地立刻就到济南去了。他在济南盘旋了好几天，直等到志摩尸体运走安葬一切办完之后才回青岛。他有信给今甫报告详情。志摩是由沪搭飞机回北平，到泰山南一带，遇雾，误触开山山头，机身破毁，滚落于山脚之下，当即起火，志摩头部撞一巨洞，手足烧焦，为状至惨。何仙槎先生料理后事，最为出力。

提起志摩坐飞机，我就想起他对我的一次谈话。他说："实秋，你坐过飞机没有？"我说我没有坐过，一来没有机会，二来没有必要，三来也太贵。"喂，你一定要试试看，哎呀，太有趣，御风而行，平稳之至，在飞机里可以写稿子。自平至沪，比朝发夕至还要快，北平吃早点，到上海吃午饭。太好。"在那时候，航空事业还不发达，一般人坐不起，同时也视为畏途，志摩飞来飞去，在一般文人里可谓开风气之先。但其中也是机缘凑巧。志摩有个朋友在航空公司（保君建），知道志摩在平沪两地经常奔波，便送了一张长期免票给他，没想到一番好意竟招致了灾祸。

为什么志摩要经常在平沪之间奔走？志摩住在上海已有好几年，起初是相当快乐的。后来朋友们纷纷都离开了上海。胡适之先生到北平做北大文学院长，胡先生是志摩的朋友，眼看着他孤零零地住在上海，而他的家庭状况又是非常不愉快，长久下去怕他要颓废，所以就劝他到北平去换换空气，在北大教书倒是次要的事。志摩身在北平，而心不能忘上海的家，月底领了薪金正好送到上海去。他经常往返平沪者以此。

志摩这一死，确实是死得不平凡。英国浪漫派诗人，如拜伦、雪莱、济慈，没有一个能享大寿。拜伦是三十六岁时死在希腊的，志摩也是三十六岁死。想他正在"乘风而行，泠然善也"的当儿，心里一定是一片宁静，目旷神怡，也许家里的尴尬事早已撇到九霄云外，也许正在写诗，蓦然间轰然一响，飞机里天翻地覆，机身打个滚，然后是一团黑烟烈火！志摩在这几秒钟之间，受到了致命伤，可能没有太久的苦痛而即失去知觉。这种死法，固然很惨，但从另一方面看，也可以说是轰轰烈烈的。拜伦是志摩很崇拜的一位诗人，志摩的死也可以说是拜伦式的。济慈死得更年轻，他给自己撰写的墓铭是："这里睡着一个人，他的名字是写在水上了。"志摩的名字可以说是写在一团火焰里了。

附录

一九三二年十一月二十一日上海《新闻报》：中国航空公司京平线之济南号飞机，于十九日在济南党家庄附近遇雾失事，机既全毁，机师王贯一、梁璧堂及搭客徐志摩，均同时遇难。华东社记者，昨往公司方面及徐宅访问，兹将所得汇志如后。失事情形：济南号飞机于十九日上午八时，由京装载邮件四十余磅，由飞机师王贯一、副机师梁璧堂驾驶出发，乘客仅北大教授徐志摩一人拟去北平，该机于上午十时十分飞抵徐州，十时二十分由徐继续北飞，是时天气甚佳。不料该机飞抵济南五十里党家庄附近，忽遇漫天大雾，进退俱属不能，致触山顶倾覆，机身着火，机油四溢，遂熊熊不能遏止。飞行师王贯一、梁璧堂及乘客徐志摩遂同时遇难。办理善后事：后为津浦路警发觉，当即报告该地站长，遂由站长通知公司济南办事处，再由办事处电告公司，公司于昨晨接电后，即派美籍飞行师安利生乘飞机赴京,并转津浦车往出事地点,调查真相,以便办理善后。公司方面,并通知徐宅,徐宅方面,一方既嘱公司代为办理善后,一方面亦已由徐氏亲属张公权君派中国银行人员赶往料理一切。公司损失:济南号机为司汀逊式,于十八年蓉沪航空公司管理处时向美国购入,马力三百五十四,速率每小时九十哩,今岁始装换新摩托,甫于二月前完竣飞驶,不意偶遇重雾,竟致失事,机件全毁,不能复事修理,损失除邮件等外,计共五万余元……徐氏上星期乘京平线飞机来沪……才五六日,以教务纷烦,即匆匆拟返,不意竟罹斯祸……徐之乘坐飞机,系公司中保君建邀往乘坐,票亦公司所赠……票由公司赠送,盖保君方为财务组主任,欲借诗人之名以作宣传。徐氏留沪者仅五日。

二

我最初看见徐志摩是在一九二二年。那是在我从清华学校毕业的前一年。徐志摩刚从欧洲回来,才名籍甚。清华文学社是学生组织的团体,想请他讲演,我托梁思成去和他接洽,他立刻答应了。记得是一个秋天,水木清华的校园正好是个游玩的好去处,志摩飘然而至,白白的面孔,长长的脸,鼻子很大，而下巴特长，穿着一件绸夹袍，加上一件小背心，缀着几颗闪闪发光的纽扣，足登一双黑缎皂鞋，风神潇散，旁若无人。

  清华高等科的小礼堂里挤满了人，黑压压的足有二三百人，都是慕名而来的听众。与其说"听众"不如说"观众"，因为多数人是来看而不是来听的。志摩登台之后，从怀里取出一卷稿纸，大约有六七张，用打字机打好的，然后坐下来开始宣读他的讲稿。在宣读之前，他解释说："我的讲题是'艺术与人生（Art and Life）'，我要按照牛津的方式，宣读我的讲稿。"观众并没有准备听英语讲演，尤其没有准备听宣读讲稿。在牛津，学术讲演是宣读讲稿的，尤其是"诗学讲座"，像柏拉德来教授的讲演，那讲稿异常精彩，代表着多年的研究心得，讲完之后即可汇集付印成书。可是在我国情形便不同了，尽管讲者的英语发音够标准，尽管听者的了解程度够标准，但是在一般学校里尚无此种习惯。那天听众希望的是轻松有趣的讲演，至少不是英语的宣读讲稿，所以讲演一开始，后排座的听众便慢慢"开闸"。我勉强听完，但是老实讲我没有听懂他读的是什么。后来这篇讲稿经由当时在北平逗留的郁达夫之手发表在《创造季刊》的第二期上，还是英文的。我读过之后，知道那是通俗性的文章，并没有学术研究的意味，实在不必采用"牛津的方式"。无可置疑的，这一回讲演是失败的，我们都很失望。

我第二次见到志摩是在一九二六年,我刚从美国回来。是年夏,我在北平家里,接到他的一张请柬。

这张请柬很是别致,不是普通宴会的性质,署名的是志摩、小曼,小曼是谁?夏历七月七日,那不是"牛郎会织女"的日子么?打听之后,才知道这是志摩和陆小曼订婚日的宴客。我和志摩本不熟识,我回国后在酬酢中见过几面,在我未回国前曾投寄稿子到志摩主编的《晨报副刊》,而最重要的一点关系是我们有几位共同的朋友,如闻一多、赵太侔、余上沅,都是先我一年回国,而且与志摩是时常过从的,所以我一回国立刻就和志摩相识。他之所以寄给我一张请柬者以此。

北海有两个好去处,一个是濠濮间,曲折自然,有雅淡之趣,只是游人多了就没意思,另一个是北海董事会,方塘里一泓清水,有亭榭、厅堂,因对外不开放,幽静宜人。那一天,可并不静,衣香钗影,士女如云,好像百八十人的样子。在我这一辈中,我也许是年纪最小的一个(不,有一个比我还小两岁的,那便是叶公超,当时大家都唤他为"小叶")。在这一集会中我见到许多人,如杨今甫、丁西林、任叔永、陈衡哲、陈西滢、唐有壬、邓以蛰,等等。我忝陪末座,却喝了不少酒。

听人窃窃私议,有人说志摩、小曼真是才子佳人、天作之合,也有人在讥讽,说小曼是有夫之妇,不该撇了她的丈夫王赓(受庆,西点毕业生),再试与有妇之夫的徐志摩结合。我的看法很简单，结婚离婚都仅是当事男女双方之事，与第三者何干？而一般人最喜欢谈论者莫过于别人的婚姻离合，可是其中的实在情形并不见得是大家所熟知的。志摩和小曼的结合，自是他一生中一件大事，其中的曲折、变化、隐情，我根本不太清楚。外面的传说，花样就多了。有些话是无中生有，有些话是事出有因，而经过播讲者加盐加醋的走了原样。现在大家一提起徐志摩，好像立刻就联想到陆小曼。直到如今，志摩已死了二十多年，最近在台北的《联合报》副刊上还看见有关他们的记载：

> 最近看到几篇关于写徐志摩和陆小曼的文章，只是都很简略。而小曼的其人其事，实在不是简略概括得了的。现在笔者把个人所知道的事来补充一些，当不至有蛇足之讥。

小曼幼时，异常聪慧活泼。她的父亲陆定，字建三，原籍武进，是前清举人。因其时废除科举，他就东渡日本，入帝国大学攻读，为日本名相伊藤博文的得意门生。他与曹汝霖、袁观澜、穆湘瑶等同班毕业。回国后，由同邑翰林汪洵介绍入度支部供职，先后任参事、赋税司长等二十余年，并参加国民党为党员。小曼生于上海，仅在上海幼稚园读过几年书，到八九岁时，才随了她的母亲到北平依

辑壹　目光放远　万事皆悲

其父度日,可是也没有进什么学校。这时候袁项城专政,严办党人,当风声紧急时,其父还把党证等物带在身上。有一天,他照例到部里去上班,小曼便说:"证章证件,带在身边,恐怕会发生危险;今天还是摘下藏在别的地方罢。"不料这天才出大门,即被警厅传去软禁。到了晚上,并来大批宪警包围寓所,搜索之余,又讯问小曼家中情形。以为在女孩子口中,容易得到真相。不料小曼态度大方,相机应对,自始至终,不露破绽。警方见查不出什么证据,把他押了三五天后即予释放。当时南北各报都谣传陆定已于某日被袁项城枪决了。

小曼十二岁的时候,一天到晚和仆女们嬉戏,父母交代些做的功课,一样也不依。其父气极,便将小曼捆了几下,她也不哭;可是从此便循规蹈矩地读起书来,再不和人家胡扯了。其父见孺子可教,及聘英籍女教员来家,给她教授英文。因为她悟性好,又肯用功,进步之快,真有一日千里之势。到她十五六岁,英文论文、英文信札,已能意到笔随,平时手不释卷,那些名人著作,十九都已读过。同时她兼习法文,因之英法语言都讲得流利到极点。而面目也长得越发清秀端庄,朱唇皓齿,婀娜娉婷,在北平的大家闺秀里,是数一数二的名姝。

这时候北平的外交部常常举行交际舞会,小曼是跳舞能手,假定这天舞池里没有她的倩影,几乎阖座为之不欢。中外男宾,固然为之倾倒,就是中外女宾,好像看见了她也目眩神迷,欲与一言以为快。而她的举措既得体,发言又温柔,仪态万方,无与伦比;所以向她父母亲求婚的,先后不知多少,她父母总是婉言拒绝,不肯把这一颗掌上明珠轻易许人。一九二〇年,有一位美国留学生叫王赓(字受庆),回国不久。王本官家子,后家道中落,才发奋出国,在美国西点大学毕业,与现在美国总统艾森豪为同班同学。此人学识优长,偶有一次代外交部翻译了几件长篇文件,顿时声誉鹊起,誉为文武全才。小曼之母,认王赓为东床坦腹,虽然王赓年龄长小曼七岁,她偏说这穷小子将来有办法,毫不迟疑地便把小曼许配了他。小曼听从父母之命,闪电与王赓订了婚。所有一切结婚用费,全由小曼的母家担任。从议婚到婚期,不到一个月,便在北平海军联欢社举行婚礼。仪式甚盛,单说女傧相就有九位之多。除曹汝霖、章宗祥、叶恭绰、赵桩年的小姐之外,还有英国小姐两位。中外来宾到场观礼的,足有好几千人,车水马龙,几乎把联欢社的房屋都挤破了。北平的社会,本来十分奢华,妇女衣着用品比上海还来得考究阔绰,

辑壹　目光放远　万事皆悲

所以那些要去吃喜酒的，个个都特定新装，争奇斗胜；而小曼更锦上添花，中西毕备。慢说自己穿的礼服，就是傧相也代定新衣，不知绞尽了多少家时装大师的脑汁，才算勉强称意。即此一端，也就可想见当日的排场了。

可是这位新郎的学问虽然优长，而应付女性却是完全外行，他有这样漂亮太太，还是手不释卷，并不分些工夫去温存一下。他在北大执了教鞭，整日埋头苦干。当局为了给他酬用，不久便发表他做了哈尔滨警察厅长。这虽是王赓平生最得意的时期，而小曼却依然住在北京母家，只是行动之间，已不像婚前拘谨。从前和她相识的，便得了机会，拼命地向她追求，其时，徐志摩便脱颖而出。徐是浙江硖石人，父亲徐申甫，是当地首富，兼在上海经商。志摩毕业于英国剑桥大学，回国后，在北京《晨报》当副刊主笔，颇负文名；与小曼见过几面，老早就拜倒石榴裙下。某一次义务演剧，内有《春香闹学》一阕，志摩饰老学究，小曼饰丫鬟，曲终人散，彼此竟种下情苗。志摩更利用王赓不善奉迎的罅隙，举凡王赓之短，他必续以所长。可恨侯门似海，两人不易见面，屡次干谒，均为门者挡驾。好在钱能通神，每次竟有行赂门公五百元，而谋一晤。丫鬟们又复环侍不去,甚至把进奉的巴黎香水名贵饰物,中途都为彼辈所匿,同时小曼送出去给志摩的情书,也被她们一并没收。小曼又无法启齿,只好在半夜里写好了英文信,乘隙自去投寄。他们的交往几经波折,彼此的热情,已臻不能遏止的程度,不但为小曼父母所知道,且也为王赓略闻了。

有一天,王赓回家忽拔出手枪威胁小曼,要叫她说出这一段事实,小曼表面上当然只有屈服,唯双方感情从此破裂。小曼父母深恐闹出事来,想出先把志摩的交往遮断,遂决定带小曼暂回上海家中小住,乃相率南下。不料火车刚到上海北站,小曼等在这节车厢下车,而志摩亦在另节车厢下车。同行的家人只有面面相觑。后来因小曼过不惯上海的生活,急欲北上。王赓在这一时期,也谋到了孙传芳五省联军总司令部参谋长一席,立时要去到差。小曼便跟母亲,又到北平。亲友们已知道她与志摩的关系,都认为与其将来麻烦,倒不如早些离异。而王赓到差未久,亦为小曼逾闲而搞得神魂颠倒,经办的一件军火大事,几乎出了岔子。后虽苟全生命,但已焦头烂额失脸抛官。此人亦有自知之明,他每说"小曼这种人才,与我是齐大非偶的";所以回到北平,立时与小曼办好离婚手续,并面对志摩说:"我们大家是知识分子,我纵和小曼离了婚,内心并没有什么成见;可是你此后对她务必始终如一,如果你三心两意,给我知道了,我定以激烈手段相对的。"其内心之痛苦,也就可想而知了。"一·二八"之役,国军已与日军接触,当局为慎重计,又派王赓到上海视察,他又没有办得好,几乎获罪。到抗战中期,他奉命参加中国派往美国的军事代表团,与熊式辉等联袂赴美途中病殁于开罗。

徐志摩是使君有妇的人,不但有妻,且已有子,他的前妻便是上海银行界鼎鼎大名并在政治舞台上煊赫一时的张嘉璈之妹。但到了此时,也只好狠狠心肠,与前妻仳离。志摩之父气愤之余,从此就吃了长斋,不再过问其事。

志摩各方面安排妥当,即与小曼举行婚礼,并请梁任公为证婚人。梁是志摩的老师,在婚礼进行中,他引经据典地大训大骂,志摩自然听得面红耳赤,就是旁人也觉得不好意思,同时均认为任公在这大庭广众之间发这一套威风未免过火。志摩只好忍着惭怍,亲自趋前,向老师服罪,并觳觫地说:"请您不要再讲下去了,顾全弟子一点面罢。"梁听了这话,大概也觉得讲得过于不堪,以就趁此收煞。只是当天的婚礼状况,比之小曼与王赓婚礼,也不知道冷落了多少倍。好在一对新夫妇本来不过格于大礼，不能不举行这一个仪式，所以婚期一过，立时夫唱妇随地到上海度蜜月。志摩好似舞台上的小丑，凡是小曼所喜欢的，固然唯命是从，就是小曼目使颐令，只要他能力所及，就是肝脑涂地，也在所不惜。

小曼养尊处优。在北平就是出了名会花钱的小姐，既嫁志摩之后依然不事收敛。志摩只图娇妻心喜，当然也不肯稍有拂逆，向肩膀上负担，不由不一天天地加重起来。不久以后，志摩便在上海光华大学教授英文，同时在法租界花园别墅租好一座精致房屋，接小曼居住。行有余力，又赶写些诗文来换钱，一月所获，至少也有一千多元，而仍不敷日常所需与小曼的挥霍。亲戚朋友都知道他入不敷出，同情他自己节俭，而太太会花钱。在北平的胡适博士，便邀他仍行北上，兼任他事，以增加收入。志摩为争取时间，即买好中国航空公司班机票，以便乘飞机往返。不料竟在济南上空的大雾中误触高山，使这位年仅三十六岁近代数一数二的大诗人与世长辞，这是大家所哀悼的。

小曼在未结婚前，上海已誉为交际花。后随志摩到沪，更是名满江南。当时有些阔太太为募捐赈济而演义务戏，曾亲自登门，请她出来帮忙。首次出演于恩派亚大戏院，小曼先演昆戏中之《思凡》，后与江小鹣、李小虞合演《汾河湾》为大轴。嗣又在卡尔登大戏院演《玉堂春》，并与唐瑛等合演《贩马记》。在上海上流社会中，无分男女，闻小曼之名咸欲一睹颜色以为荣，而且每次义演，尽管有多少位名票在前，也必推她压轴。其实她于平剧一道，并无真实功夫，仅是在北平拾到一点牙慧，既没有拜过师，又没做过票友，这总是因生得漂亮，艳名轰传，先声夺人。唯她喜欢平剧倒是真的，尤喜欢捧坤伶，先后有小兰芬，容丽娟及马艳秋、马艳云姊妹，花翠兰、花玉兰姊妹，姚玉英、姚玉兰姊妹，袁美云、袁汉云姊妹等多人，均受过她的扶掖。其中马艳云、姚玉兰、袁美云，几乎全是她捧红的。她平日泼撒已惯，对于捧角，更是一掷千金，毫无吝啬。

她曾与唐瑛等在上海合资开过云裳服装公司，花样翻新，大多出自小曼的设计。她也喜欢绘事，曾师事贺天键。今日台湾，还有与她曾共砚席、研究丹青的人在。她十几岁时便爱好音乐，其父为她请了一位英国音乐教师，在家中练习了多年，她很聪慧，所以有名乐章，什九都甚娴熟。故在志摩死后,她的胞弟效冰即很诚挚地对她说:"你的品貌、学问、才干、声誉,没一样不出人头地,为什么不贡献给社会?也等于散散心,免得郁郁寡欢。而且知道你的人太多,他们将欢迎之不暇,也不会使你委屈,而你还是名利双收。"小曼听了,只淡淡地答着说:"第一我不喜欢虚荣,第二我不会服侍人家。"盖其时已染有毒嗜,已渐入堕落之途。

王赓病殁开罗后,他还有慈母在堂,王赓之妹,就是游弥坚的太太,因之这位老太太,便依其幼女度日。别的文章上说,志摩与小曼结婚时候,王赓曾在场做伴郎,引为笑话。其实,小曼的半生也就尽够戏剧化的了,如若把她编做电影的脚本,也是老少咸宜的一阕好戏,王赓虽称大度,却还不致在这一出戏中变成丑角的。

此文作者磊庵先生不知是谁,文中所记大致不错,也有些琐节不大正确,例如上海的云裳公司根本与陆小曼无关,那是志摩的前夫人张幼仪女士创设主持的。我无意于此考证此文之疵谬,所以亦不必多赘。不过梁任公先生在证婚时把新郎新娘大骂一顿倒是真有其事,我是从瞿菊农先生处听说的,他说任公先生那天声色俱厉,骂得志摩抬不起头,观礼的人也都为之大窘,其实任公先生事前已得志摩同意,要在大众面前以严师的姿态痛责他一番。"徐志摩，你这个人性情浮躁，所以在学问方面没有成就，你这个人用情不专，以至于离婚再娶……以后务要痛改前非，重新做人！"这些话骂得对，只有梁任公先生可以这样骂他，也只有徐志摩这样一个学生梁任公先生才肯骂。这真是别开生面的一场证婚。

志摩的婚姻问题还不这样简单。他和他的第一位夫人离婚，可是离婚之后还维持着相当好的友谊关系。这位元配张幼仪女士是张君劢、张嘉璈先生的胞妹。我在一九二六年夏天回国在上海访张嘉铸（禹九）先生未遇，听见楼上一位女士吩咐工友的声音："问清楚是找谁的，若是找八爷的，我来见。"我这是第一次见到这位二小姐。她是极有风度的一位少妇，朴实而干练，给人极好的印象。她在上海静安寺路开设云裳公司，这是中国第一个新式的时装公司，好像江小鹣先生在那里帮着设计，营业状况盛极一时，我带着季淑在那里做过一件大衣。在这期间，她住在海格路范园四号，在那里我常看见志摩出出进进，二小姐对他依然是嘘寒问暖，没有任何芥蒂的样子，大家都佩服她的落落大方的态度。她有一个儿子，乳名叫阿欢，学名叫积锴，字如孙，长得和志摩一模一样，长长的脸尖下巴。阿欢现已长大成人，在美国，并且也娶妻生子了，这是我前年听胡适之先生说的。志摩的尊翁好像是一直把张二小姐视为他家的少奶奶，对于陆小曼似乎是抱着一种不承认态度。徐先生有时候也住在范园。志摩死后，张二小姐在上海曾任女子储蓄银行总经理，有一次路过青岛还来看过我。后来她在香港寓居，前几年报载她得她儿子的同意，和一位旅居香港的中医某先生结婚了。凡是认识她的人没有不敬重她的，没有不祝福她的。她没有写过文章，她没做过宣传，她没说过怨怼的话，她沉默地坚强地度过她的岁月，她尽了她的责任，对丈夫的责任，对夫家的责任，对儿子的责任，然后她在自己的晚年寻得一归宿。凡是尽了责任的人，都值得令人敬重。

三

徐志摩，名章垿，以字行，浙江硖石人。初就读于硖石开智学堂，十五岁入杭州府中学，后改名为杭州一中。他在二十岁的时候与张幼仪女士结婚于硖石。翌年入北京大学。

在北京大学，志摩读了两年书，于一九一八年到美国入克拉克大学社会学系。在途中志摩撰写了一文致亲友，充分表现了少年志摩的抱负，文曰：

> 诸先生既祖饯之，复临送之，其惠于摩者至，抑其期于摩者深矣。窃闻之，谋不出几席者，忧隐于眉睫，足不逾间里者，知拘于蓬蒿。诸先生于志摩之行也，岂不曰国难方兴，忧心如捣，室如悬磬，野无青草，嗟尔青年，维国之宝，慎尔所习，以骎

我脑。诚哉,是摩之所以引惕而自励也。传曰:"父母在,不远游。"今弃祖国五万里,违父母之养,入异俗之城,舍安乐而耽劳苦,固未尝不痛心欲泣,而卒不得已者,将以忍小剧而克大绪也。耻德业之不立,遑恤斯须之辛苦,悼邦国之殄瘁,敢恋晨昏之小节,刘子舞剑,良有以也,祖生击楫,岂徒然哉?唯以华夏文物之邦,不能使有志之士左右逢源,至于跋涉间关,乞他人之糟粕,作无惭之妄想,其亦可悲而可恸矣。垂髫之年,辄抵掌慷慨,以破浪乘风为人生至乐。今日出海以来,身之所历,目之所触,皆足悲咽呜咽,不自知涕之何从也,而何有于乐?我国自戊戌政变,渡海求学者,岁积月增,比其返也,与闻国政者有之,置身实业者有之,投闲置散者有之。其上焉者,非无宏才也,或蔽于利。其中焉者,非无积学也,或绌于用。其下焉者,非鲋涸无援,即枉寻直尺。悲夫!是国之宝也,而颠倒错乱若是。岂无志士,曷不急起直追,取法意大利之三杰,而犹徘徊因循,岂待穷途日暮而后奋博浪之椎,效韩安之狙?须知世杰、秀夫不得回珠崖之飓,哥修士哥不获续波兰之祀,所谓青年爱国者何如?尝试论之:夫读书至于感怀国难,决然远迈,方其浮海而东也,岂不慨然以天下为己任?及其足履目击,动魄剀心,未尝不握拳呼天,由然发其爱国之忧。其竟学而归，又未尝不思善用其所学，以利导我国家。虽然，我徒见其初而已，得志而后，能毋徇私营利，犯天下之大不韪者鲜为国宝者，咻咻乎不举其国而售之不止。即有一二英俊不诎之士，号呼奔走，而大厦将倾，固非一木所能支，且社会道德日益滔滔，庸庸者流引鸩自绝，而莫之止，虽欲不死得乎？窃以是窥其隐矣。游学生之不竟，何以故？以其内无所确持，外无所信约。人非生而知之，固将困而学之也。内无所持，故怯，故蔽，故易诱；外无所约，故贪，故谲，故披猖。怯则畏难而耽安，蔽则蒙利而蔑义，易诱则天真日泪，嗜欲日深，腐于内则溃其皮，丧其本，斯败其行。贪以求，谲以伎，放行无忌，万恶骈生，得志则祸天下，委伏则乱乡党，如水就下，不得其道则泛滥横溢，势也，不可得而御也。如之何则可，曰："疏其源，导其流，而水为民利矣。"我故曰："必内有所确持，外有所信约者，此疏导之法也。"庄生曰："内外楗。"朱子曰："内外交养。"皆是术也。确持奈何？言致其诚，习其勤，言诚自不欺，言动自夙兴，庄敬笃励，意趣神明，志足以自固，识足以自察，恒足以自立。若是乎，金石可穿，鬼神可格，物虽欲厉之，容可得乎！信约奈何？人之生地，必有严师友督饬之，而后能规化于善。圣人忧民生之无度也，为之礼乐以范之，伦常以约之。方今沧海横流之际，固非一二人之力可能排眔砥柱，必也集同志，严誓约，明气节，革弊俗，积之深，而后发之大，众志成城，而后可以有为于天下。若是乎，虽欲为不善，而势有所不能，而况益之以内养之功，光明灿烂，蔚为世表，贤者尽其才，而不肖者止于无咎，拨乾反正，雪耻振威，其在斯乎？其在斯乎？或曰："子言之易欤，行子之大者有之而未成也，奈何？"然则必其持之未确也，约之未信也，偏于内则偷，鹜于外则紊，世有英彦，必证吾言。况今日之世，内忧外患，志士贲兴，所谓时势造英雄也。时乎时乎，国运以苟延也今日，作波韩之续也今日，而今日之事，吾属青年实负其责，勿以地大物博妄自夸诞，往者不可追，来者犹可谏。夫朝野之醉生梦死，固足自亡绝，而况他人之鱼肉我耶？志摩满怀凄怆，不觉其言之冗而气之激，瞻彼弁髦，恝如搗兮，有不得一吐其愚以商榷于我诸先进之前也。摩少鄙，不知世界之大，感社会之恶流，几何不丧其所操，而入醉生梦死之途，此其自为悲怜不暇，故益自奋勉，将悃悃愊愊，致其忠诚，以践今日之言。幸而有成，亦所以答诸先生期望之心于万一也。

八月三十一日，徐志摩在太平洋舟中记。

这是少年徐志摩初出国门时的心情！爱国之心溢于言表，在文章上、在思想上都可以看出梁任公先生的影响。这时候志摩是刚刚拜在任公先生门下，他对任公先生是极为崇拜的。老实讲，那一时代的青年，谁又不崇拜任公先生？我把这一篇文章全部引录在此，因为这是青年徐志摩的最好的一幅自画像，而一般谈论徐志摩的人往往忽略了这一段。

志摩的原籍浙江硖石，是一个镇，在沪杭铁路线上。我每次乘车经过那里，只看见车站的背景有一段矮矮的乱石堆砌的山，似乎没有什么风景。我曾想，诗人从小居留的地方一定也有异于寻常的特点。"怪底诗思清澈骨，门对寒流雪满山。"好像是咏叹岑嘉州的句子，志摩的生身地谅必也风景不恶。我曾屡次对志摩提议，什么时得便陪我们到硖石一游，他很欣然应诺，但是始终没有实践诺言。志摩是个慷慨好客的人，我们大家都忙，如果催他一下，他一定会约我们去小作勾留，也许那地方无甚可观，所以就提不起兴趣。《志摩日记》第一三七页有这样一段：

> 首次在沪杭道上看见黄熟的稻田与错落的村舍，在一碧无际的天空下静着，不由地思想上感着一种解放：何妨赤了足，做个乡下人去，我自己想。但这暂时是做不到的，将来也许真有"退隐"的那一天。现在重要的事情是，前面说过的养字，对人对

己的尽职，我身体也不见佳，像这样下去决没有余力可以做事，我着实有了觉悟，此去乡下，我想找点儿事做。我家后面那园，现在糟得不堪，我想去收拾它，好在有老高与家麟帮忙，每天花它至少两个钟头，不是自己动手就督饬他们干净那块地，爱种什么就种什么，明年春天可以看自己手种的花，明年秋天也许可以吃到自己手植的果，那不有意思？

家后面还有偌大的园，想来是一个颇为富有的大宅子。志摩是希望将来有一天"退隐"到家园里来，写这日记时不过是偶然兴起"田园将芜"之思罢了。

志摩的尊君申如先生，我曾见过几次。记得有一天，志摩告诉我："喂，实秋，望平街一家素菜馆的'翡翠饭'可真好吃，明天午间我请你去尝一尝。"我第二天去了。

遇见徐老先生，在座的有张家的几位先生小姐。徐先生胖胖的一位老者，头上没有几根发，花白色的，下巴也是很大，浑身肌肉有些松懈，尤其是腹部有些下垂，是典型的一位旧式的商业中人。好像他是茹素的。据说他在上海开设着票庄银号，在营业上颇为成功。

一个人的性格品质以及在行为上的作风，与他的出身和门第是有相当关系的。例如，我们另外有一位朋友，风流潇洒，聪颖过人，受过最好的西方教育，英文造诣特佳，照理讲他应该能成为一个有成就的学者或文人，但是他爱慕的是虚荣和享受，一心地想要猎官，尤其是外交官，后来虽然如愿以偿，可是终归一蹶不振，蹭蹬无闻。据有资格批评他的一个人说，这一部分应该归咎于他的家世，良好的教育未能改变他的庸俗的品质。他家在一个巨埠开设着一爿老牌的酱园。我不相信一个人的家世必能规范他的人格，但是我也不能否认家庭环境与气氛对一个人的若干影响。志摩出自一个富裕的商人之家，没有受过现实的生活的煎熬，一方面可说是他的幸运，因为他无需为稻粱谋，他可以充分地把时间用在他所要致力的事情上去，另一方面也可说是不幸，因为他容易忽略生活的现实面，对于人世的艰难困苦不易有直接深刻的体验。《志摩日记》一九一八年十月十一日有这样的一段：

> 与适之，经农，步行去民厚里一二一号访沫若，久觅始得其居。沫若自应门，手抱襁褓儿，跣足，敞服（旧学生服），状殊憔悴，然庞额宽颐，怡和可识。入门时有客在，中有田汉，亦抱小儿，转顾间已出门引去，仅记其面狭长。沫若居至隘，陈设亦杂，小孩羼杂其间，倾倒须父抚慰，涕泗亦须父揩拭，皆不能说华语；厨下木屐声卓卓可闻，大约即其日妇。坐定寒暄已，仿吾亦下楼，殊不话谈，

适之虽勉寻话端以济枯窘,而主客似有冰结,移时不涣。沫若时含笑睇视,不识何意。经农竟嗫不吐一字,实亦无从启端。五时半辞出,适之亦甚讶此会之窘,云上次有达夫时,其居亦稍整洁,谈话亦较融洽。然以四手而维持一日刊,一月刊,一季刊,其情况必不甚愉适,且其生计亦不裕,或竟窘,无怪以狂叛自居。

创造社等人的生活状况,和志摩的真是一个强烈的对比。这湫隘的住处,我也在一九二一年左右去过。民厚里是在哈同路,有民厚南里民厚北里,里内支弄甚多,纵横通达,一律是一楼一底房,是上海标准的上等贫民窟,的确是很难寻觅其门。我记得有一年暑假,我初访其处,那情形和志摩所描写的一模一样,只是创造社的几位作者均在,坚留午餐,一日妇曳花布和服,捧上一巨盆菜,内容是辣椒炒黄豆芽,真正是食无兼味,当天晚上以宴我为名到四马路会宾楼狂吃豪饮,宾主尽醉,照例地由泰东书局的老板赵南公付账。困苦的生活所培养出来的一股"狂叛"的精神,是很可惋惜的,但是席丰履厚的生活所育煦出来的那种对"梦想的神圣境界"之追求,又何曾是健全的态度?二者都是极端,所以我说成一强烈的对比。

有人说志摩是纨绔子,我觉得这是不公道的。他专门学的学科最初是社会学,有人说后来他在英国学的是经济,无论如何，他在国文、英文方面的根底是很结实的。他对国学有很丰富的知识，旧书似乎读过不少，他行文时之典雅丰瞻即是明证。他读西方文学作品，在文字的了解方面没有问题，口说亦能达意。在语言文字方面能有如此把握，这说明他是下过功夫的。一个纨绔子能做得到么？志摩在几年之内发表了那么多的著作，有诗，有小说，有散文，有戏剧，有翻译，没有一种形式他没尝试过，没有一回尝试他没有出众的表现。这样辛勤的写作，一个纨绔子能做得到么？志摩的生活态度，浪漫而不颓废。他喜欢喝酒，颇能豁拳，而从没有醉过；他喜欢抽烟，有方便的烟枪烟膏，而他没有成为瘾君子；他喜欢年青的女人，有时也跳舞，有时也涉足花丛，但是他没有在这里面沉溺。游山逛水是他的嗜好。他的友朋大部分是一时俊彦，他谈论的常是人生哲理或生活艺术。他给梁任公先生做门生，与胡适之先生为腻友，为泰戈尔做通译，一个纨绔子能做得到么？总之，平心而论，他的优裕的家境并不曾糟蹋了他，相反的，他的文学上的成就，倒可以说是一部分得力于他的家境。至于他的整个思想的趋势是否健全，他的为人态度是否严肃，那是另一问题了。

四

我数十年来奔走四方，遇见的人也不算少，但是还没见到一个比徐志摩更讨人欢喜。讨人欢喜不是一件容易事，须要出之自然，不是勉强造作出来的。必其人本身充实，有丰富的情感，有活泼的头脑，有敏锐的机智，有广泛的兴趣，有洋溢的生气，然后才能容光焕发，脚步矫健，然后才能引起别人的一团高兴。志摩在这一方面可以说是得天独厚。

一九二七年春，国民革命军北伐，占领南京。当时局势很乱，我和季淑方在新婚，匆匆由南京逃到上海。偕行的是余上沅夫妇。同时北平学界的朋友们因为环境的关系纷纷离开故都。上海成为比较最安定的地方，很多人都集中在这地方。"新月书店"便是在这情形下在上海成立的。"新月社"原是在北平创立的，是一种俱乐部的性质，是由一批银行界的开明人士及一些文人共同组织的，志摩当然是其中的主要分子，"新月"二字便是由泰戈尔诗集《新月集》套下来的。上海的《新月》书店和北平新月社，没有正式关联。新月书店的成立，当然是志摩奔走最力，邀集股本不过两千元左右，大股一百元，小股五十元，在环龙路环龙别墅租下一幢房屋。余上沅夫妇正苦无处居住，便住在楼上，名义是新月书店经理，楼下营业发行。当时主要业务是发刊《新月》杂志。参加业务的股东有胡适之先生、志摩、上沅、丁西林、叶公超、潘光旦、刘英士、罗努生、闻一多、饶子离、张禹九和我。胡先生当然是新月领袖，事实上志摩是新月的灵魂。我们这一群人，并无严密组织，亦无任何野心，只是一时际会，大家都多少有自由主义的倾向，不期然而然地聚集在一起而已。后来业务发展，便在西马路租下了铺面，正式经营出版业务，以张禹九为经理，我任编辑。

志摩的人缘好极了。胡适之先生在他死后为文纪念说："这十几天里，常有朋友到家里来，谈起来常常有人痛哭。在别处痛哭他的，一定还不少。志摩所以能使朋友这样哀念他，只因为他为人整个的只是一团同情心，只是一团爱。"叶公超先生说："他对于任何事，从未有过绝对的怨恨，甚至于无意中没有表示过一些憎嫉的神气。"陈通伯先生说："尤其朋友里缺不了他。他是我们的连索，他是黏着性的、发酵性的。在这七八年中，国内文艺界里起了不少的风波，吵了不少的架，许多很熟的朋友往往弄得不能见面；但我没有听见有人怨恨过志摩。谁也不能抵抗志摩的同情心，谁也不能避开他的黏着性。他是和事佬，他有无穷的同情，他总是朋友中间的'连索'。他从没有疑心，他从不会妒忌。他使这些多疑善妒的人们十分惭愧，又十分羡慕。"这几位先生的见证都是非常恰当的。

我记得，在一九二八、一九二九年之际，我们常于每星期六晚在胡适之先生极斯菲尔路寓所聚餐。胡先生也是一个生龙活虎一般的人，但于和蔼中寓有严肃，真正一团和气使四座并欢的是志摩。他有时迟到，举座奄奄无生气，他一赶到，像一阵旋风卷来，横扫四座，又像是一把火炬把每个人的心都点燃，他有说，有笑，有表情，有动作，至不济也要在这个的肩上拍一下，那一个的脸上摸一把，不是腋下夹着一卷有趣的书报，便是袋里藏着一扎有趣的信札，传示四座，弄得大家都欢喜不置。他的这种讨人欢喜的风度常使我忆起《世说新语》里所记载的王导：

> 王丞相拜扬州，宾客数百人并加沾接，人人有说色。惟有临海一客姓任及数胡人为未洽。公因便还到任边，云："君出，临海便无复人。"任大喜说。因过胡人前，弹指云："兰阇、兰阇。"群胡同笑，四座并欢。

照顾宾客，使无一人向隅，这是精力充沛的表现。怪不得志摩到处受人欢迎。志摩有六朝人的潇洒，而无其怪诞。

《新月》杂志初办时，志摩过于热心，有时不免在手续上不大讲究，令人觉得他是在独断独行，颇引起一部分同人不满。其实他是毫无成见的。日子久了，接触多了，彼此之间的冰冷与误会都被他的热情给融化了。新月同仁一直和谐无间，从没有起过什么争执，一直到后来大家都离开上海以至无疾而终，大部分要归功于志摩的发生"连索"效用。

有一天志摩到我的霞飞路寓所来看我，看到桌上有散乱的围棋残局，便要求和我对弈。他的棋力比我高，下子飞快，撒豆成兵一般，常使我穷于应付，下至中盘，大势已定，他便托故离席，不计胜负。我不能不佩服他的雅量。他很少下棋，但以他的天资，我想他很容易成为此道中的高手。至少他的风度好。

志摩好动，他闲不得。有一天已夜晚十一时许，他乘兴来看我。只见门外的百叶长窗虚掩着，灯光自隙间外露，他想吓我一跳，突然把门拉开，大叫一声，拔腿便跑。据他说原来是他看到了有两个不相识的年青人（一男一女）从一只单人沙发上受惊跃起。这时候我早已在楼上睡了。受惊的是楼下的一对，但是更受惊的该是志摩自己。他心头突突跳，信步走到我家附近的另一位单身朋友家。他从后门闪入，径自登楼，一看寝室里黑黝黝，心想这家伙睡了，来吓他一下，顺手把门框上电灯开关一拧，不觉又失声大叫，原来床上不仅是一个人在睡。这一惊非同小可，踉跄下楼，一口气跑回家，乖乖地自己去睡了。这件事他从未对外声张，只是事后悄悄地告诉了我，他说："以后我再也不敢在黑夜闯进人家去了。"我叙述这一件故事，以见其人之风趣的一斑。

一九二八年十二月，志摩欧游前一日给林语堂先生写白居易《新丰折臂翁》。林先生于一九三六年正月十三日跋云："志摩，情才，亦一奇才也，以诗著，更以散文著。吾于白话诗念不下去，独于志摩诗念得下去。其散文尤奇，运句措辞，得力于传奇，而参任西洋语句，了无痕迹。然知之者皆谓其人尤奇。志摩与余善，亦与人无不善，其说话爽，多出于狂叫暴跳之间，乍愁乍喜，愁则天崩地裂，喜则叱咤风云，自为天地自如。不但目之所瞩，且耳之所过，皆非真物之状，而志摩心中之所幻想之状而已。故此人尚游，疑神、疑鬼，尝闻黄莺惊跳起来，曰：'此雪莱之夜莺也。'"志摩的字颇娟秀，有时酷似郑孝胥。林语堂先生的描写亦颇传神。凡知志摩者，盖无不有一深刻之印象。

五

徐志摩是一个彻底的浪漫主义者。

胡适之先生对于徐志摩的总评是不错的。胡先生说："他的人生观真是一种'单纯信仰'，这里面只有三个大字，一个是爱，一个是自由，一个是美。他梦想这三个理想的条件能够会合在一个人生里，这是他的单纯信仰。他的一生的历史，只是他追求这个'单纯信仰'的实现的历史。"不过，"三个大字，一个是爱，一个是自由，一个是美"的"单纯信仰"，如果真正地恰如其分地加以解释，其内容并不简单。所谓爱，那是广大无边的，耶稣上十字架是为了爱，圣佛兰亚斯对鸟说教也是为了爱，中古骑士为他的情人而赴汤蹈火也是为了爱。爱的对象、方式、意义，可能有许多的分别。至于自由，最高贵的莫过于内心的选择的意志自由，最普通的是免于束缚的生活上的自由，放浪形骸之外而高呼"礼教岂为我辈设哉"！那也是企求自由。讲到美，一只匀称的希腊古瓶是美，蒙娜丽莎的微笑也是美，山谷间刈谷者的歌唱是美，平原上拾穗者的佝偻着的身子也是美，乃至于一个字的声音，一朵花的姿态，一滴露水的闪亮，无一不是美。"爱、自由、美"所包括的东西太多，内涵太富，意义太复杂，所以也可说是太隐晦太含糊，令人捉摸不定。志摩的单纯信仰，据我看，不是"爱、自由与美"三个理想，而是"爱、自由与美"三个条件混合在一起的一个理想，而这一个理想的实现便是对于一个美妇人的追求。不要误会，以为我是指志摩为沉溺于"诗、酒、妇人"的颓废派，不，任谁也可以看出志摩不是颓废的享受者。他喜欢享受，可是谁又不喜欢享受？志摩在实际生活上的享受是正常的，并不超越常轨，也不逸出他的身份。他于享受之外，还要求一点点什么，无以名之，名之为"理想"。那理想究竟是什么，能不能一加分析呢？志摩曾把自己一剖再剖，但始终没有剖析到他自己所那样珍视的理想。我们客观地看，无所文饰，亦无所顾忌，志摩的理想实际即等于是与他所爱的一个美貌女子自由的结合。

和一个心爱的美貌女子自由地结合，乃是一个最平凡的希望，随便哪一个男子都有这样的想头。择偶、结婚、传宗接代，这是最平凡的事。但是，如果像志摩那样把这种追求与结合视为"生命之曙光，不世之荣业"那样的夸张，可就不平凡了。志摩的单纯信仰，换个说法，即是"浪漫的爱"。

浪漫的爱，有一最显著的特点，就是这爱永远处于可望而不可即的地步，永远存在于追求的状态中，永远被视为一种极圣洁极高贵极虚无缥缈的东西。一旦接触实际，真个的与这样一个心爱的美貌女子自由结合,幻想立刻破灭。原来的爱变成了恨,原来的自由变成了束缚,于是从头来再开始追求心目中的"爱、自由与美"。这样周而复始地两次三番演下去,以至于死。在西洋浪漫派的文学家里,有不少这种"浪漫的爱"的实例。雪莱、拜伦、朋士(Burns),乃至卢梭,都是一生追逐理想的爱的生活,而终于不可得。他们爱的不是某一个女人,他们爱的是他们自己内心中的理想。这样的人在英文叫作 **nympholept**,勉强译作"狂想者"。

梁任公先生真不愧为一个目光如炬的稳健的思想家。他于志摩、小曼结婚典礼中致严厉的训词,是不足为怪的,因为他在事前对于志摩已有诚挚的警告,他于一九二三年一月二日致函志摩:

其一,万不容以他人之苦痛,易自己之快乐。弟之此举其于弟将来之快乐能得与否,殆茫如捕风,然先已予多数人以无量之苦痛。

其二,恋爱神圣为今之少年所乐道。……兹事盖可遇而不可求。……况多情多感之人,其幻象起落鹘突,而得满足得宁帖也极难。所梦想之神圣境界恐终不可得,徒以烦恼终其身已耳。

呜呼,志摩,天下岂有圆满之宇宙?……当知吾侪以不求圆满为生活态度,斯可以领略生活之妙味矣。……若沉迷于不可必得之梦境，挫折数次，生意尽矣。郁悒侘傺以死，死为无名。死犹可也，最可畏者，不死不生而堕落至不复能自拔。呜呼，志摩，可无惧耶？可无惧耶？

任公先生的话是对的。事实证明他不幸而言中。但当时对于浪漫的爱之追求者，是听不入耳的。志摩的回答是："我之甘冒世之不韪，竭全力以斗者，非特求免凶惨之苦痛，实求良心之安顿，求人格之确立，求灵魂之救度耳。……我将于茫茫人海中访我唯一灵魂之伴侣；得之，我幸；不得，我命。如此而已！""灵魂"之为物，本来就玄妙，再要找"灵魂之伴侣"，岂不难上加难？我们自然佩服志摩之真诚与勇气，但是我们亦不能轻易表示同情于一个人之追求镜花水月。一个人要有理想以为生活之鹄的，但是那理想需要慎加分析，是否在现实的世界里有实现之可能。把自己的生命和前途，寄托在对"爱、自由、美"的追求上，而"爱、自由、美"又由一个美貌女子来作为象征，无论如何是极不妥当的一种人生观。

若说志摩之憧憬自由仅限于爱情方面，显然是不合事实的。像一切浪漫主义者一样，志摩向往一切方式的自由。下面这一段话是他最好的自白：

　　是人没有不想飞的。老是在这地面上爬着够多厌烦,不说别的。飞出这圈子,飞出这圈子!到云端里去,到云端里去!哪个心里不成天千百遍地这么想飞上天空去浮着,看地球这弹丸在太空里滚着,从陆地看到海,从海再看回陆地。凌空去看一个明白——这才是做人的趣味,做人的权威,做人的交代。这皮囊要是太重挪不动,就掷了它,可能的话,飞出这圈子,飞出这圈子!

的确是,想飞是人人有的愿望。我小时候常做梦,一做梦就是飞,一跺脚就离地一尺多高,再一扑通就过墙了,然后自由翱翔在天空里,非常适意。有时在梦里飞不起来,飞到三四尺高就掉下来,怎样挣扎也不中用,第二天早晨醒来便头痛欲裂。这样想飞的梦,我足足做了有十年八年之久。虽说这只限于梦,虽说这只是潜意识的活动,但也影响到我的思想。我译过巴利的《潘彼得》,是一部童话,也是只有成年人才能充分赏识的童话,里面的那个永远长不大的孩子潘彼得,真是令每一个成年人羡煞而又愧煞的角色!这一部《潘彼得》撩起了我对童年和纯洁天真的向往。其实哪一个人在人生的坎坷的路途上不有过颠踬?哪一个不再憧憬那神圣的自由的快乐的境界?不过人生的路途就是这个样子,抱怨没有用,逃避不可能,想飞也只是一个梦想。人生是现实的,现实的人生还需要现实的方法去处理。偶然做个白昼梦,想入非非,任想象去驰骋,获得一时的慰安,当然亦无不可,但是这究竟只是一时有效的镇定剂,可以暂时止痛,但不根本治疗。人生的路途,多少年来就这样地践踏出来了,人人都循着这路途走,你说它是蔷薇之路也好,你说它是荆棘之路也好,反正你得乖乖地把它走完。所以,想飞的念头尽管有,可是认真不得。如果真以为诗是有翅膀的,能把诗人带起到天空,海阔天空地俯瞰这乌烟瘴气的人世间,而且能长久地凭虚御空,逍遥于昊天之上。其结果一定是飞得越高,跌得越重,血淋淋地跌在人生现实的荆棘之上,像徐志摩那样!这也是一切浪漫诗人的公式,不独志摩为然。

梁任公先生说过,人生最快乐的事莫过把应尽的责任尽完。他揭橥"责任"二字为人生最重要的一件事,此事一毕,了无遗憾,真是一个最稳健的看法。浪漫主义者的看法,恰恰与此相反。伯朗宁有一首小诗,名为《至善之境》(Summum-Bonum),他说:

真理,比宝石还光亮,
信任,比珍珠还纯洁——
宇宙间最光亮最纯洁的信任——我认为
全存在于一个女人的亲吻里。

把一个女人的亲吻放在一切伦理价值之上,实在是一个最大胆的浪漫的夸张!志摩日记在一九二五年八月十九日记载着:"须知真爱不是罪(就怕爱不真,做到真的绝对义才做到爱字)。在必要时我们得以身殉,与烈士们爱国、宗教家殉道,同是一个意思。""同是一个意思",也许是的,但是在伦理价值上能等量齐观么?

浪漫的梦经不起现实的打击。志摩是一个绝顶聪明的人,并且不是一个没有胆量认错的人,所以他很快地承认了他的失败。胡适之先生曾指出下面一首《生活》的诗为他自承失败的证据:

阴沉,黑暗,毒蛇似的蜿蜒,
生活逼成了一条甬道:
一度陷入,你只可向前,
手扪索着冷壁的粘潮,
在妖魔的脏腑内挣扎,
头顶不见一线的天光,
这魂魄,在恐怖的压迫下,
除了消灭更有什么愿望?

这几行诗是纪实的,志摩临死前几年的生活确是濒临腐烂的边缘,不是一个敏感的诗人所能忍受的,所以他毅然决然地离开上海跑到北平。谁又想得到希望有"一个真的复活的机会"的人,竟根本丧掉了生命,永远不能得到机会呢?

六

志摩的作品,最大的成就是在新诗方面。他的第一部诗集《志摩的诗》,是他自己印的,中华书局出版,连史纸,中式线装,仿宋体的字,古色古香。以后几部诗集,《翡冷翠的一夜》《猛虎集》《云游》,都是在上海新月书店印的。《志摩的诗》最先出,也是比较最弱的,以后的作品渐臻于成熟之境。

志摩有天生的诗人的气质。他对于生活的兴趣异常浓厚,他看见什么东西都觉得有意思,所以他的诗取材甚广。他爱都市,也爱乡野,喜欢享受物质文明,也喜欢徜徉于山水之间,他描写丑陋的。他常常留连在象牙之塔里,但是对社会政治也偶然有正义的流露。这是最好的诗人气质,能这样才能充实,"充实之谓美"。

志摩的诗之异于他人者,在于他的丰富的情感之中带着一股不可抵拒的"媚"。这妩媚,不可形容,你不会觉不到,它直诉诸你的灵府。从表面上看,这妩媚的来源可能是他的文字运用之巧妙。陆小曼说:"他的诗比一般的来得俏皮,真是像活的一样,字用得特别美,神仙似的句子,叫人看了神往,忘却人间有烟火气。"这话是对的,我还嫌不够。志摩的诗是他整个人格的表现,他把全副精神都注入了一行行的诗句里,所以我们觉得在他诗的字里行间有一个生龙活虎的人在跳动,他的音容、声调、呼吸,都历历如在目前。他的诗不是冷冰冰的雕凿过的大理石,是有情感的热烘烘的曼妙的音乐。他平常说话就是惯用亲昵的热情的腔调,所以笔底下也是一派撩人的妩媚。

再别康桥

轻轻的我走了,
　　正如我轻轻的来;
我轻轻的招手,
　　作别西天的云彩。

那河畔的金柳,
　　是夕阳中的新娘;
波光里的艳影,
　　在我的心头荡漾。

软泥上的青荇,
　　油油的在水底招摇;
在康河的柔波里,
　　我甘心做一条水草!

那榆阴下的一潭,
　　不是清泉,是天上虹,
揉碎在浮藻间,

　　　　　沉淀着彩虹似的梦。

　　寻梦？撑一支长篙，
　　　　向青草更青处漫溯，
　　满载一船星辉，
　　　　在星辉斑斓里放歌。

　　但我不能放歌，
　　　　悄悄是别离的笙箫；
　　夏虫也为我沉默，
　　　　沉默是今晚的康桥！

　　悄悄的我走了，
　　　　正如我悄悄的来；
　　我挥一挥衣袖，
　　　　不带走一片云彩。

　　这一首诗是许多人所欣赏的。我的一位美国朋友Mr. Edward Connynham最近曾把此诗译为英文如下：

On Leaving Cambridge Again

Quietly I leave,

Just as I quietly came;

1 quietly wave,

Saying goodby to the bright clouds of the western sky.

The river banks golden willows,

Like brides in a setting sun;

Beautiful shadows in bright waves,

Waving in my heart.

The soft mud's green grasses,

Bright green, waving on the river bottom;

Would I were a blade of water grass,

In the river Cam's gentle waves.

That lake under the elm shadow,

Not a clear fountain but a rainbow in heaven,

Twisted into floating weeds,

Precipitating rainbow dreams.

Dream searching? Push a long boat pole,

Upstream towards green grass and an even greener place,

A boat filled with starlight,

Let loose a song midst pointed starlight.

But I cannot sing,

It is quiet like a parting Hsiao;

The Summer insects are also quiet for me,

Cambridge tonight is silent.

Quietly I leave,

Just as I quietly came;

My sleeves are waving,

Not taking away a single cloud.

志摩的诗之另一特点是，在白话中夹杂着不少文言的词藻。姑以大家习知的《康桥再会吧》一诗为例，里面就有这样多的字眼："浪迹""渺茫明灭""理惬归家""枉费无补""钧天妙乐""燕子归来""新秋凉绪""纤道西回""星明有福""素愿竟酬""爬梳洗涤""沐日月光辉""哺啜古今不朽""鱼跃虫噪""长垣短堞""黛薄荼青""轻柔瞑色""垂柳婆娑""寸芥残垣""临行怫怫""谠言"，等等。有人也许以为这是毛病，白话诗里何以要羼入这样多的文言词藻？我倒不这样想。我以为，中国人以中国文字写诗，不可能完全摒弃前人留下的美妙的词藻。白话诗和文言的旧诗，不可能有个一刀两断的分界线。须知白话里面也有成色之分，"引车卖浆"之流有他们的白话，缙绅大夫也有他们的白话。各人教育程度不同，所使用的白话就有不同的词藻。我并不要在其间强分优劣。有时候使用粗浅的口语颇能传神，有时候要使用较雅驯的词句方能适当地表达意境。诗人手段高强，便能推陈出新，他有撷取文言词藻的自由。一味地使用粗浅的口语，并不一定就是成功的作品的保证。志摩使用文言词藻，我们不嫌其陈腐，因为他善于运用，他的国文有根底，有那么多的词藻供他驱使，新词旧语，无往不宜。当然，他也有很多诗篇，完全是使用较浅近的口语的。

有一首诗我特别喜欢，我曾在这首诗初在《新月》发表时告诉志摩，他表示惊讶，也许是因为他自以为这不是得意之作，这首诗题目是《这年头活着不易》：

昨天我冒着大雨到烟霞岭下访桂；
南高峰在烟霞中不见，
在一家松茅铺的屋檐前
我停步，问一个村姑今年
翁家山的桂花有没有去年开的媚。
那村姑先对着我身上细细地端详：
活像只羽毛浸瘪了的鸟，

我心想，她定觉得蹊跷，
在这大雨天单身走远道，
倒来没来头的问桂花今年香不香。

"客人，你运气不好，来得太迟又太早；
这里就是有名的满家弄，
往年这时候到处香得凶，
这几天连绵的雨，外加风，
弄得这稀糟，今年的早桂就算完了。"

果然这桂子林也不能给我点子欢喜：
枝上只见焦萎的细蕊，
看着凄惨，唉，无妄的灾！
为什么这到处是憔悴？
这年头活着不易！这年头活着不易！

据志摩讲，他到满家弄访桂，原意是希望在那漫山的桂林当中拣一个路边的茶座坐下，吃一碗新鲜桂花煮的新鲜栗子汤，——闷热的、喷香的、甜滋滋的栗子汤！没想到扑个空，感而赋此。感觉是人生凋敝，世事纷纭，真可说是"人犹如此，木何以堪"了。这首诗末尾带着一点子悲观气味，容易令人联想起哈代（Thomas Hardy）的特有的作风，就是诗的形式和那平易的语调,也都颇似哈代。是的,志摩受哈代的影响很大,他曾在英国访问过这位诗翁,也曾译过他的若干首短诗。哈代的小诗常常是一个小小的情节,平平淡淡,在结尾处缀上一个悲观的讽刺。这是哈代的独特的作风,志摩颇能得其神韵。志摩说"老头难得让他的思想往光亮处转",即是指哈代的悲观。《新月》月刊第一期,有志摩介绍哈代的文章及译哈代诗。

另一个人多少影响到志摩的诗,是泰戈尔。这一个老人是印度人,爱和平,爱山水,带着宗教的神秘的气息,于第一次大战后大家诅咒西方物质文明声中,卓然成为一个角色。他在一九二四年四月里到中国来,到各处讲演,颇极一时之盛,尤其是在北平天坛开的欢迎会。当时曾有人做如下之记载:

> 林小姐(徽因)人艳如花,和老诗人挟臂而行,加上长袍白面郊寒岛瘦的徐志摩,有如苍松竹梅的一幅三友图。徐氏在翻译泰戈尔的英语演说,用了中国语汇中最美的修辞,以硖石官话出之,便是一首首的小诗,飞瀑流泉,琮琮可听。(吴咏《天坛史话》)

泰戈尔的思想在中国没有留下影响,在文学方面他的散文诗以及自由诗之类倒是引起了一些人的注意。志摩的第一部诗集里面有若干首或者是受泰戈尔影响的。不过，新月社的命名，无疑的是由泰戈尔的诗集的暗示。志摩在上海的寓所三楼亭子间有一精舍，屋里没有桌椅，只是地上铺着厚厚的毯子，有几个软靠枕，据说这是印度式，进门即可随意在地上翻滚，别有情趣。这也许是受泰戈尔的影响罢？

七

志摩死了，至今没有人给他编印全集，我认为这是一件非常可惜的事，陆小曼在《志摩日记·序》里说：

> 十年前当我同家璧一起在收集他的文稿准备编印全集时，有一次我在梦中好像见到他，他便叫我不要太高兴，全集决不是像你想象般容易出版的，不等九年十年决不会实现。我醒后，真不信他的话，我屈指算来，全集一定会在几个月内出书。谁知后来固（果）然受到了意想不到的打击。一年一年地过去，到今年整整的十年了，他到五十了，全集还是没有影儿，叫我说什么？怪谁？怨谁？

这是一九四七年写的。至今又已十多年了，全集还没影儿！小曼所说到的"意想不到的打击"，我们不知究何所指。

已出版的作品编印为全集，应该没有什么困难。未刊行的作品以及书信之类的搜集，可能有困难，但这困难似乎应该没有什么不可克服的道理。况且全集不一定要"全"，以后还可陆续地补。这"意想不到的打击"究竟是什么呢？何以小曼要发出"怨谁？怪谁？"的感叹呢？听说，志摩有一大堆文字在林徽因手里，又有一大堆在另外一位手里，两方面都拒不肯交出，因此"全集"的事延搁下来。我不知道这传说是否正确。总之，志摩全集没有印出来，凡是他的朋友都有一份责任。

台北坊间出现的《志摩诗文选集》一共十一册，割裂凌乱，一部分影印的尚无错误，一部分新排的则错误太多，最不可原谅的是任意编排而冠以新的书名，每册有编者写的甚不高明的序文，尤为可厌。

我这一篇小文，既不是传记，也不是评论，只是一篇拉杂的回忆而已。

《徐志摩年谱》里录了若干悼志摩的挽联，一并录后：

考史诗所载，沈湘捉月，文人横死，各有伤心。
尔本超然，岂期邂逅罡风，亦遭惨劫！
自襁褓以来，求学从师，夫妇保持，最怜独子。
母今逝矣，忍使凄凉老父，重赋招魂？

——徐申如

万里快鹏飞，独憾翳云遽失路；
一朝惊鹤化，我怜弱息去招魂。

　　　　　　　　　　——张幼仪

红妆齐下泪，青鬒早成名，最怜落拓奇才，遗爱新诗双不朽；

小别竟千秋，高谈犹昨日，凭吊飘零词客，天荒地老独飞还。

　　　　　　　　　　——杨杏佛（铨）

太息浮生同落叶，
本来才调是飞仙。

　　　　　　　　　　——郑午昌（昶）

新诗传宇宙，竟尔乘风归去，同学同庚，老友如君先宿草；

华表托精灵，何当化鹤重来，一生一死，深闺有妇赋招魂。

两卷新诗，廿年旧友，相逢同时天涯，只为佳人难再得；

一声河满，九点齐烟，化鹤重归华表，应愁高处不胜寒。

　　　　　　　　　　——郁达夫

有志竟成，藉甚声名蜚北海；
斯文将丧，褎然冠冕毁南州。
　　　　　　　——朱丹九（起凤）

归神于九霄之间，直看噫籁成诗，更忆招花微花貌；
北来无三日不见，已诺为余编剧，谁怜推枕失声时。
　　　　　　　——梅兰芳

独创新吟，奇死亦饶诗意；
雄飞失坠，阴霾竟葬青年。
　　　　　　　——汪亚尘

粉碎向虚空，昆山真惊成并尽；
文章憎命达，云鹏应悔不高飞。
　　　　　　　——叶恭绰

器利国滋昏，事同无定河边；
虾种横行，壮志奈何齐粉化。

文章交有道，忆到南皮宴上；

龙头先去,新诗至竟结缘难。
　　　　　　　　——章士钊

豪情跌宕,文采风流,新月新诗广陵散;
逸兴遄飞,黄泉碧落,奇人奇死破天荒。
　　　　　　　　——钱新之(永铭)

叹君凤度比行云,来也飘飘,去也飘飘;
嗟我哀歌吊诗魂,风何凄凄,雨何凄凄。
　　　　　　　　——李惟建 黄庐隐

继往开来,卷帙永留人世;
瞻前顾后,诗魂常绕泰山。
　　　　　　　　——何家槐

数年相知,情同手足;
刹那惨别,痛彻肺腑!
　　　　　　　　——张欣海

温柔诚挚,乃朋友中朋友;
纯洁天真,是诗人中诗人。
　　　　　　　　——韩湘眉

树犹如此

我看过一盆号称千年古梅的盆景,确实是很珍贵,很难得,也很有趣,但是我总觉得它像是马戏团的侏儒。

奥斯汀的小说 *Sense and Sensibility*❶里面的一个人物爱德华·费拉尔斯说过这样的一句话:"我不喜欢弯曲的、扭卷的、受过摧残的树。如果它们长得又高又直,并且茂盛,我便更能欣赏它们。"我有同感。

在这亚热带的城市里住了二十多年,所看见的树令人觉得愉快的并不太多。椰子树、槟榔树,倒是又高又直,像电线杆子似的,又像是摔头的鸡毛帚,能说是树么?难得看到像样子的枝叶扶疏的树。有时候驱车经过一段马路看见两排重阳木,相当高大,很是壮观,顿时觉得心中一畅。龙柏、马尾松之类有时在庭园里也能看到,但多少总是罩上了一层晦气,是烟,是灰,是尘?一定要到郊外,像阳明山,才能

---

❶ 即《理智与情感》。

看见娇翠欲滴的树，总像是刚被雨水洗过的样子。有一次登阿里山，才算是看见了真正健康的树，有茁壮的幼苗，有参天的古木，有腐朽的根株。在规模上和美国华盛顿州奥仑匹亚半岛的国家森林固不能比，但其原始的蛮荒的气味则殊无二致。稍有遗憾的是，凡大森林都嫌单调，杉就是杉，柏就是柏，没有变化。我们中国人看树，特别喜欢它的姿态，会心处并不在多。《芥子园画谱》教人画树，三株一簇，五株一簇，其中的树叶有圆圈，有个字，也有横点，说不出是什么树，反正是各极其妍。艺术模仿自然，自然也模仿艺术。要不然，我们怎会说某一棵树有画意，可以入画呢？但是树也不一定要虬曲蟠结才算是美。事实上，那些横出斜逸的树往往是意外所造成的，或是生在峭壁的罅隙里，或是经年遭受狂风的打击，所以才有那一副不寻常的样子。犹之人也有不幸而跛足驼背者。我们不能说只有畸形残废的才算是美。

盆栽之术，盛行于东瀛，实在是源于我国，江南一带的名园无不有此点缀。《姑苏志》："虎丘人善于盆中植奇花异卉，盘松古梅，置之几案，清雅可爱，谓之盆景。"即使一个古色古香的盆子，种上一丛文竹，放在桌上，时有新条茁长，即很有可观，不要奇花异卉，比瓶中供养或插花之类要自然得多。曾见有人折下两朵红莲，插在一只长颈细腰的霁红瓶里，亭亭玉立，姿态绰约，但是总令人生不快之感，不如任它生长在淤泥之中。美人可爱，但不能像莎乐美似的把头切下来盛在盘子里。盆栽的工人通常用粗硬铁丝把小树的软条捆绕起来,然后弯曲之,使成各种固定的姿态,不仅像是五花大绑,而且是使铁丝逐渐陷入树皮之中的酷刑。树何曾不想挣脱羁绊,但是不得不屈服在暴力之下!而且那低头匍伏的惨状还要展览示众!

凡艺术作品,其尺寸大小自有其合理的限制。佛像的塑造或图画无妨尽量的大,因为其目的本来是要造成一种庄严威慑的气势,不如此,那些善男信女怎么五体投地地膜拜呢?活人则不然。普通人物画总是最多以不超过人之原有的尺寸为度。一个美人的绘像,无论如何不能与庙门口的四大金刚看齐。树和人一样,松柏之类天生高耸参天,若是勉强它局促在一个盆子之内,它也能活,但是它未能尽其天性。我看过一盆号称千年古梅的盆景,确实是很珍贵,很难得,也很有趣,但是我总觉得它像是马戏团的侏儒。

清龚定庵写过一篇文章,题为《病梅馆记》。从前小学教科书国文课本里选过这篇文章,给人的印象很深。他有很多盆梅,都是加过人工的,他于心不忍,一一解其束缚,使能恢复正常之生长,因以"病梅馆"名其居。我手边没有龚定庵的集子,无从查考原文,因看到奥斯汀小说中之一语而联想及之。

干屎橛

人人皆有佛性，皆可成佛，不一定对释迦牟尼才可称佛。

《五灯会元》里有这样一段记载：

> 僧问云门："如何是佛？"门云："干屎橛。"

凡能"自觉""觉他""觉行圆满"者皆谓之佛。人人皆有佛性，皆可成佛，不一定对释迦牟尼才可称佛。但是，佛是人生至高无上的一种境界，也是至尊无上的一种尊称，这是我们大家所共认的。僧问云门如何是佛，有心向上，所以才发此问。云门乃是五代一位禅宗高僧，本名文偃，居韶州之云门山，建云门寺，为云门宗之祖，世以云门称之。以这样的一位有道之士，何以口出秽言，以这样不堪的话语来答僧问？须知这正是禅师之猛下钳锤处。禅宗主旨，在于明心见性，一无所染，至于湛然寂静的境界。若是口中说佛，便是心中尚横亘着一个佛的观念，尚存有凡圣差别之心。云门怕听人说佛之一字，所以干干脆脆以最难听的比喻回答他：佛就是不值一提的干屎橛。这是禅师诃佛骂祖的一贯作风。僧若有缘,当下即应有悟。

何谓干屎橛?不要误会以为那是在粪场里我们所习见的纵横狼藉被阳光晒干了的屎橛。这里所谓的干屎橛,乃是拭粪之具。干作动词解。印度风俗,人于便后用小木竹片拭粪,谓之厕筹,亦名厕橛。干屎橛就是指这个厕橛。现在印度是否还有此种风俗,我不知道。当初有这种风俗,其陋可想。可怪者是佛教东来,我国寺观之中也传来此种陋俗,云门寺中当必有此设备。元人陶宗仪《南村辍耕录》:"今寺观削木为筹,置厕圊中,名曰厕筹。"是元时寺庙之中尚有此物。而宋人龙衮所著《江南野史》,记南唐史事,述"李后主亲为桑门削作厕简子"。厕简子亦即是这个干屎橛。李后主为僧人做厕筹,大概也自认为是一种敬礼三宝的功德。

寺观之外,干屎橛是否在民间普遍使用,如其不用则以何物代替,何时才知道开始用纸,恕我孤陋寡闻。我知道清末北方乡间一切都还是十分简陋的。城里人知道用草纸,黄澄澄的粗糙之极,纸面上有草屑,有时还有蒲公英的花絮,硬挺挺的,坚而且厚。乡下人求草纸而不可得,地面上的砖头石块,俯拾即是,可以随意取用。如果人得青纱帐里,扯下一片高粱叶玉米叶,可以技巧地一划而不至于划破皮肤。

人到了什么地方就要适应什么环境。就是物质文明很高的国度里,其穷乡僻壤高山丛林之中也不见得就有卫生设备以及卫生纸。我知道有几个在美国习森林学的青年,经常攀登野外的高山，在长年积雪的原始森林中做长期间的实习，他们的行囊已经够重，并不携带卫生纸。我问他们如何解决如厕的问题。他们笑答说："很简单，拣一棵比较容易爬上去的大树，跨在一根横枝上，居高临下，方便无比。"我再问何以善其后，他们乃大笑说："在地面上掬起一捧雪，加紧捏凑成为一个坚实的雪团，就可以代替卫生纸了，用了一个还可以再做一个。"我问他感觉如何。他说："冰凉的，很好受。"大概胜似干屎橛吧？只是我们哪里有那样方便的雪？

匿名信

每天早晨离家时,我便对自己说:"今天我将要遇见一个傲慢的人,一个忘恩负义的人,一个说话太多的人。这些人之所以如此,乃是自然而且必然的,所以不要惊讶。"

邮局递来一封匿名信,没启封就知道是匿名信,因为一来我自己心里明白,现在快要到我接匿名信的时候了(如果竟无匿名信到来,那是我把人性估计太低了),二来那只信封的神情就有几分尴尬,信封上的两行字,倾斜而不潦草,正是书法上所谓"生拙",像是郑板桥体,又像是小学生的涂鸦,不是撇太长,就是捺太短,总之是很矜持,唯恐露出本来面目。下款署"内详"二字。现代的人很少有写"内详"的习惯,犹之乎很少有在信封背面写"如瓶"的习惯,其所以写"内详"者,乃是平常写惯了下款,如今又不能写真姓名,于是于不自觉间写上了"内详"云云。

我同情写匿名信的人,因为他或她肯干这种勾当,必定是极不得已,等于一个人若不为生活所逼便绝不至于会男盗女娲一样。当其蓄谋动念之时，一定有一副血脉贲张的面孔，"怒从心上起，恶向胆边生"，硬是按捺不住。几度心里犹豫，"何必？"又几度心里坚决，"必！"于是关门闭户独自去写那将来不便收入文集的尺牍。愤怒怨恨，如果用得其当，是很可宝贵的一种情感，所谓"文王一怒"那是无人不知的了，但是匿名信则除了发泄愤怒怨恨之外还表现了人性的另一面——怯懦。怯懦也不稀奇。听说外国的杀人不眨眼的海盗，如果蓄谋叛变开始向船长要挟的时候，那封哀的美敦书的署名是很成问题的，领衔的要冒较大的危险，所以他们发明了 Round Robin[❶] 法以姓名连串地写成一圆圈，无始无末，浑然无迹。这种办法也是怯懦，较之匿名信还是大胆得多。凡是当着人不好说出口的话，或是说出口来要脸红的事，或是根本不能从口里说出来的东西，在匿名的掩护之下可以一泄如注。

匿名信作家在伸纸吮笔之际也有一番为难，笔迹是一重难关，中国的书法比任何其他国的文字更容易表现性格。有人写字匀整如打字机打出来的，其人必循规蹈矩；有人写字不分大小一律出格，其人必张牙舞爪。甚至字体还和人的形体有关，如果字如墨猪，其人往往似"五百斤油"；如果笔画

---

❶ 圆形签名请愿书。指请愿人不愿在请愿书而在一条带上签名，并使所有签名成环状，然后将带子系在请愿书上。

干瘦如柴，其人往往亦似一堆排骨。匿名信总是熟人写的，熟人的字迹谁还认不出来？所以写的人要费一番思索。匿名信不能托别人写，因为托别人写，便至少有一个人知道了你的姓名，而且也难得找到志同道合的人，所以只好自己动笔。外国人（如绑票匪）写匿名信，往往从报纸上剪下应用的字母，然后拼成字粘上去。此法甚妙。可惜中国字拉丁化运动尚未成功，从报纸上剪字便非先编一索引不可。唯一可行的方法是竭力变更字体。然而谈何容易！善变莫如狐，七变八变，总还变不脱那条尾巴。

　　文言文比白话文难于令人辨出笔调，等于唱西皮二簧，比说话难于令人辨出嗓音。之乎者也地一来，人味减少了许多，再加上成语典故以及《古文观止》上所备有的古文笔法，我们便很难推测作者是何许人。（当然，如果韩文公或柳子厚等唐宋八大家写匿名信，一定不用文言，或者要用语录体罢？）本来文理粗通的人，或者要故意地写上几个别字，以便引人的猜测走上歧途。文言根本不必故意往坏里写，因为竭力往好里写，结果也是免不了拗涩别扭。

　　匿名信的效力之大小，是视收信人性格之不同而大有差异的。譬如一只苍蝇落在一碗菜上，在一个用火酒擦筷子的人必定要大惊小怪起来，一定摒去不食，一个用开水洗筷子的人就要主张烧开了再食；但是在司空见惯了的人，不要说苍蝇落在菜上，就是拌在菜里，驱开摔去便是，除了一刹那间的厌恶以外,别无其他反应。引人恶心这一点点功效,匿名信是有的,不过又不是匿名信所独有。记得十几年前(就是所谓普罗文学鼎盛的那一年)的一个冬夜,我睡在三楼亭子间,楼下电话响得很急,我穿起衣服下楼去接:"找谁?""我请×××先生说话。""我就是。""啊,你就是×××先生吗?""是的,我就是。"这时节那方面的声音变了,变得很粗厉,厉声骂一句"你是□□□!"正惊愕间,呱啦一声,寂然无声了。我再上三层楼,脱衣服,睡觉。在冬天三更半夜上下三层楼挨一句骂,这就是令人作呕的事,我记得我足足为之失眠约一个小时!这和匿名信是异曲同工的,不过一个是用语言,一个是用文字。

天下事有不可预防不便追究者,如匿名信便是。要预防,很难,除非自己是文盲,并且专结交文盲;要追究,很苦,除非自甘暴弃与写匿名信者一般见识。其实匿名信的来源不是不可破获的。核对笔迹是最方便的法子,犹之核对指纹。有一位细心而嗅觉发达的人曾经在启开匿名信之后嗅到一股脂粉香,按照警犬追踪的方法,他可以一直跟踪到人家的闺阁。不过问题是,万一破坏了来源,其将何以善其后?尤其是,万一证明了那写信的人是天天见面的一个好朋友,这个世界将如何住得下去!Marcus Aurelius[1]说:"每天早晨我离家时便对自己说:

---

[1] 马克·奥勒留(121年4月26日—180年3月17日),罗马帝国政治家、军事家、哲学家,罗马帝国古贤帝时代最后一位皇帝。有以希腊文写成的著作《沉思录》传世。

'我今天将要遇见一个傲慢的人，一个忘恩负义的人，一个说话太多的人。这些人之所以要这样，乃是自然的而且必然的，所以不可惊异。'"我觉得这态度很好。世界上是有一种人要写匿名信，他或她觉得愤慨委屈，而又没有一根够硬的脊椎支持着，如果不写匿名信，情感受了压抑，会生出变态，所以写匿名信是自然的而且必然的，不可惊异。这也就是俗话所说，见怪不怪。

写匿名信给我的人以后见了我，不难过吗？我想他一定不敢两眼正视我，他一定要臊不搭地走开，或是搭讪着扯几句淡话，同时他还要努力镇定，要使我不感觉他与往常有什么不同。他写过匿名信后，必定天天期望着他所希冀的效果，究竟有效呢？无效呢？这将使他惶惑不宁。写了匿名信的人一定不会一觉睡到大天光的。

割胆记

一出医院大门,不禁暗暗叫道:"好漂亮的新鲜世界!"

"胆结石?没关系,小毛病,把胆割去就好啦!赶快到医院去。下午就开刀,三天就没事啦"——这是我的一位好心的朋友听说我患胆结石之后对我所说的一番安慰兼带鼓励的话。假如这结石是生在别人的身上,我可以完全同意他的看法,可惜这结石是生在我的这只不争气的胆里,而我对于自己身上的任何零件都轻易不肯割爱。

一九六二年五月二十二日,我清晨照例外出散步,回来又帮着我的太太提了二十几桶水灌园浇花。也许劳累了些,随后就胃痛起来。这一痛,不似往常的普通胃痛,真正的是如剜如绞,在床上痛得翻筋斗,竖蜻蜓,呼天抢地,死去活来。医生来,说是胆结石症(Cholelithiasis),打过针后镇定了一会儿,随后又折腾起来。熬过了一夜,第二天我就进了医院——中心诊所。

除了胃痛之外,我还微微发热,这是胆囊炎(Cholecystitis）的征象。在这情形之下，如不急剧恶化，宜先由内科治疗，等到体温正常、健康复原之后再择吉开刀。X光照相显示，我的胆特别大，而且形状也特别，位置也异常。我的胆比平常人的大两三倍。通常是梨形，上小底大，我只是在越王勾践《卧薪尝胆图》上看见过。我的胆则形如扁桃。胆的位置是在腹部右上端，而我的胆位置较高，高三根肋骨的样子。我这扁桃形的胆囊，左边一半堆满了石头，右边一半也堆满了石头，数目无法计算。做外科手术，最要紧的是要确知患部的位置，而那位置最好是能相当暴露在容易动手处理的地方。我的胆的部位不太好。别人横斜着挨一刀，我可能要竖着再加上一刀，才能摘取下来。

感谢内科医师们，我的治疗进行非常顺利，使紧急开刀成为不必需。七天后我出院了。医师嘱咐我，在体力恢复到最佳状态时，向外科报到。这是一个很令人为难的处境。如果在病发的那一天，立刻就予以宰割，没有话说，如今要我把身体养得好好的再去从容就义，那很不是滋味。这种外科手术叫作"间期手术"（interval operation），是比较安全可靠的。但是对病人来讲，在精神上很紧张。

关心我的朋友们也开始紧张了。主张开刀派与主张不开刀派都言之成理，但是我没有法子能同时听从两面的主张。"去开刀吧，一劳永逸，若是不开也不一定就出乱子，可是有引起黄疸病的可能，也可能导致肝癌，而且开刀也很安全，有百分之九十几的把握。如果迁延到年纪再大些，开刀就不容易了……"这一套话很有道理。"要慎重些好，能不开还是不开，年纪大的人要特别慎重，医师的话要听，但亦不可全听，专家的知识可贵，常识亦不可忽视……"这一套话也很中听。

这时节报纸上刊出西德新发明专治各种结石特效药的广告，不用开刀，吃下药去即可将结石融化，或使大者变小，小者排出体外。这种药实在太理想了！可是一细想这样神奇的药应该经由临床实验，应该由医学机构证明推荐，何必花费巨资在报纸上大登广告？良好的医师都不登广告，良好的药品似乎也无需大吹大擂。我不但未敢尝试，也未敢向医师提起这样的神药。

中医有所谓偏方，据说往往有奇效。四年前我发现有糖尿症，我明知道这病症是终身的，无法根治，但是好心的朋友们坚持要我喝玉黍须煮的水，我喝了一百天，结果是病未好，不过也没有坏。这次我患胆石，从三个不同的来源来了三个偏方，核对之下内容完全一样，有一个特别注明为"叶天士秘方"。叶天士大名鼎鼎，无人不知，这秘方满天飞，算不得怎样秘了。处方如下：

　　白术二钱　白芍二钱　白扁豆二钱　炒黄芪二钱
炙伏苓二钱　甘草二钱　生姜五片　红枣二枚

　　就是不懂岐黄之术的人也可以看得出来这不是一服霸道的

药。吃几服没有关系，有益无损，只怕叶天士未必肯承认是他的方子而已。

又有朋友老远地寄给我一包药草，说是山胞在高山采摘的专治结石的特效药，他的母亲为了随时行善，特地在庭园栽植了满满的一畦。像是菊花叶似的，味苦。神农尝百草，不知他尝过这草没有。不过据说多少人都服了见效，一块块的石头都消灭于无形，病霍然愈。

各种偏方，无论中西，都能给怕开刀的人以精神上的安慰，有时也能给病人以灵验的感觉。因为像胆石这样的病，即使不服任何药物，也会渐渐平伏下去，不过什么时候再来一次猛烈的袭击就不得而知。可能这一生永不再发，也可能一年半载之后又大发特发，甚至一发而不可收拾。所以拖延不是办法，或是冒险而开刀，或是不开刀而冒险，二者必取其一。我自内科治疗之后，体力复原很慢，一个月后体温始恢复正常，然后迁延复迁延，同时又等候着秋凉，而长夏又好像没有尽止似的燠热，秋凉偏是不来。这样的我熬过了五个月，身体上没有什么苦痛，精神上可受了折磨。胆里含着一包石头，就和肚里怀着鬼胎差不多，使得人心里七上八下的不得安宁。好容易挨到十月底，凉风起天末，中心诊所的张先林主任也从美国回来了，我于二十二日入院接受手术。

二十二日那一天，天高气爽，我携带一个包袱，由我的太太陪着，准时于上午八点到达医院报到，好像是犯人自行投案一般。没有敢惊动朋友们，因为开刀的事无论如何也不能算是喜事，而且刀尚未开，谁也不敢说一定会演变成为丧事，既不在红白喜事之列，自然也不必声张。可是事后好多朋友都怪我事前没有通知。五个月前的旧地重游，好多的面孔都是熟识的。我的心情是很坦然的，来者不怕，怕者不来，既来则安之。我担心的是我的太太，我怕她受不住这一份紧张。

我对开刀是有过颇不寻常的经验的。二十年前我在四川北碚割盲肠，紧急开刀。临时把外科主任请来，他在发疟疾，满头大汗。那时候，除了口服的 Sulfanilamide 之外还没有别的抗生素。手术室里蚊蝇乱舞，两位护士不住地挥动拍子防止蚊蝇在伤口下蛋。手术室里一灯如豆，而且手术正在进行时突然停电，幸亏在窗外伫立参观手术的一位朋友手里有一只二尺长的大型手电筒，借来使用了一阵。在这情形之下完成了手术。七天拆线，紧跟着发高热，白血球激增，呈昏迷现象。于是医师会诊，外科说是感染了内科病症，内科说是外科手术上出了毛病，结果是二度开刀，打开看看以释群疑。一看之下，谁也没说什么，不再缝口，塞进一卷纱布，天天洗脓，足足仰卧了一个多月，半年后人才复原。所以提起开刀，我知道是怎样的滋味。

但是我忽略了一个事实。二十年来，医学进步甚为可观，而且此时此地的人才与设备，也迥异往昔。事实证明，对于开刀前前后后之种种顾虑，全是多余的。二十二日这一天，忙着做各项检验，忙得没有功夫去胡思乱想。晚上服一颗安眠药，倒头便睡。翌日黎明，又服下一粒盐酸阿托品（Cmorphine Atropine），不大工夫就觉得有一点飘飘然、忽忽然、软爬爬的、懒洋洋的，好像是近于"不思善，不思恶"那样的境界，心里不起一点杂念，但是并不是湛然寂静，是迷离恍惚的感觉。就在这心理状态下，于七点三十分被抬进手术室。想象中的手术前之紧张恐怖，根本来不及发生。

剖腹，痛事也。手术室中剖腹，则不知痛为何物。这当然有赖于麻醉剂。局部麻醉，半身麻醉，全身麻醉，我都尝受过，虽然谈不上痛苦，但是也很不简单。我记得把醚（ether）扣在鼻子上，一滴一滴地往上加，弄得腮帮嘴角都湿漉漉的，嘴里"一、二、三……"应声数着，我一直数到三十几才就范，事后发现手腕扣紧皮带处都因挣扎反抗而呈淤血状态。我这一回接受麻醉，情形完全不同。躺在冰凉、帮硬的手术台上，第一件事是把氧气管通到鼻子上，一阵清凉的新鲜空气喷射了出来，就好像是在飞机乘客座位旁边的通气设备一样。把氧气和麻醉剂同时使用是麻醉术一大进步，病人感觉至少有舒适之感。其次是打葡萄糖水，然后静脉注射一针，很快地就全身麻醉了，妙在不感觉麻醉药的刺激，很自然很轻松地不知不觉地丧失了知觉，比睡觉还更舒服。以后便是撬开牙关，把一根管子插入肺管，麻醉剂由这管子直接注入到肺里去，在麻醉师控制之下可以知道确实注入了多少麻醉剂，参看病人心脏的反应而予以适当地调整。这其间有一项危险，不牢固的牙齿可能脱落而咽了下去；我就有两颗动摇的牙齿，多亏麻醉师王大夫（学仕）为我悉心处理，使我的牙齿一点也没受到影响。

　　手术是由张先林先生亲自实行的，由俞瑞璋、苑玉玺两位大夫协助。张先生的学识经验，那还用说？去年我的一位朋友患肾结石，也是张先生动的手术。他告诉我张先生的手不仅是快，而且巧，肉窟窿里面没有多少空间让手指周旋，但是他的几个手指在里面运用自如，单手就可以打个结子。我在八时正式开刀，十时抬回了病房。在我，这就如同睡了一觉，大梦初醒，根本不知过了多久，亦不知发生了什么事。猛然间听得耳边有人喊我，我醒了，只觉得腰腹之间麻木、凝滞，好像是帮硬的一根大木橛子横插在身体里面，可是不痛。照例麻醉过后往往不由自主地吐真言。我第一句话据说是："石头在哪里？石头在哪里？"由鼻孔里插进去抽取胃液的橡皮管子，像是一根通心粉，足足地抽了三十九小时才撤去，不是很好受的。

　　我的胆是已经割下来了，我的太太过去检观，粉红的颜色，皮厚有如猪肚，一层层地剖开，里面像石榴似的含着一大堆湿粘乌黑的石头。后来用水漂洗，露出淡赭色，上面有红蓝色斑点，石质并不太坚，一按就碎，大者如黄豆，小者如芝麻，大小共计一百三十三颗，装在玻璃瓶里供人参观。石块不算大，数目也不算多，多的可达数百块，而且颜色普通，没有鲜艳的色泽，也不清莹透彻，比起以戒、定、慧熏修而得的佛舍利，当然相差甚远。胆不是一个必备的器官，它的职务只是贮藏胆液并且使胆液浓缩，浓缩到八至十倍。里面既已充满石头，它的用处也就不大，割去也罢。高级动物大概都有胆，不过也有没有胆的，所以割去也无所谓。割去之后，立刻感觉到腹腔里不再东痛西痛。

朋友们来看我，我就把玻璃瓶送给他看。他们的反应不尽相同，有的说："啊哟，这么多石头，你看，早就该开刀，等了好几个月，多受了多少罪！"有的说："啊哟，这么多石头，当然非开刀不可，吃药是化不了的！"有的说："啊哟，这么多石头，可以留着种水仙花！"有的说："啊哟，这么多石头，外科医师真是了不起！"随后便是我或繁或简地叙述割胆的经过，垂问殷勤则多说几句，否则少说几句。

第二天早晨护士小姐催我起来走路。才坐起来便觉得头晕目眩，心悸气喘，勉强下床两个人搀扶着绕走了一周。但是第三天不需扶持了，第四天可以绕室数回，第五天可以外出如厕了。手术之后立即进行运动的办法，据说是由于我们中国伤兵在第二次世界大战中所表现的惊人的成效而确立的。我们的伤兵于手术之后不肯在床上僵卧，常常自由活动，结果恢复得特别快，这给了医术人员一个启示。不知这说法有无根据？

我在第九天早晨大摇大摆地提着包袱走出医院，回家静养。一出医院大门，只见一片阳光，照耀得你睁不开眼，不禁暗暗叫道："好漂亮的新鲜世界！"

饭前祈祷

感恩么？感谁的恩？感上帝赐面包的恩么？谁说面包是他所赐？

  读过查尔斯·兰姆那篇《饭前祈祷》小品文的人，一定会有许多感触。六十年前我在美国科罗拉多泉念书的时候，和闻一多在瓦萨赤街一个美国人家各赁一间房屋。房东太太密契尔夫人是典型的美国主妇，肥胖、笑容满面、一团和气，大约有六十岁，但是很硬朗，整天操作家务，主要的是主中馈，好像身上永远系着一条围裙，头戴一顶荷叶边的纱帽。房东先生是报馆排字工人，昼伏夜出，我在圣诞节才得和他首次晤面。他们有三个女儿，大女儿陶乐赛已进大学，二女儿葛楚德念高中，小女儿卡赛尚在小学，他们一家五口加上我们两个房客，七个嘴巴都要由密契尔夫人负责喂饱，而且一日三餐，一顿也少不得。房东先生因为作息时间和我们不同，永不在饭桌上和我们同时出现。每顿饭由三个女孩摆桌上菜，房东太太在厨房掌勺，看看大家都已就位，她就急忙由厨房溜出来，抓下那顶纱帽，坐在主妇位上，低下头做饭前祈祷。

辑壹　目光放远　万事皆悲

我起初对这种祈祷不大习惯。心想我每月付你四五十元房租，包括膳食在内，我每月公费八十元，多半付给你了，吃饭的时候还要做什么祈祷？感恩么？感谁的恩？感上帝赐面包的恩么？谁说面包是他所赐？……后来我想想，入乡随俗，好在那祈祷很短，嘟嘟囔囔地说几句话，也听不清楚说什么。有时候好像是背诵那滚瓜烂熟的《主祷文》，但是其中只有一句与吃有关："赐给我们每天所需的面包。"如果这"每天"是指今天，则今天的吃食已经摆在桌上了，还祈祷什么？如果这"每天"是指明天，则吃了这顿想那顿，未免想得远了些。若是表示感恩，则其中又没有感激的话语。尤其是，这饭前祈祷没有多少宗教气息，好像具文。我偷眼看去，房东太太闭着眼低着头，口中念念有词，大女儿陶乐赛也还能聚精会神，卡赛则常扮鬼脸逗葛楚德，葛楚德用肘撞卡赛。我和一多面面相觑，不知所措。

兰姆说得不错。珍馐罗列案上，令人流涎三尺，食欲大振，只想一番饕餮，全无宗教情绪，此时最不宜祈祷。倒是维持生存的简单食物，得来不易，于庆幸之余不由地要感谢上苍。我另有一种想法，尤其是在密契尔夫人家吃饭的那一阵子，我们的胃习惯于大碗饭、大碗面，对于那轻描淡写的西餐只能感到六七分饱。家常便饭没有又厚又大的煎牛排。早餐是以半个横剖的橘柑或葡萄柚开始，用茶匙挖食其果肉，再不就是薄薄一片西瓜，然后是一面焦的煎蛋一枚。外国人吃煎蛋不像我们吸溜一声一口吞下那个嫩蛋黄,而是用刀叉在盘里切,切得蛋黄乱流,又不好用舌去舔。两片烤面包,抹一点牛油。一杯咖啡灌下去,完了。午饭是简易便餐,两片冷面包,一点点肉菜之类。晚饭比较丰盛,可能有一盂热汤,然后不是爱尔兰炖肉,就是肉末炒番薯泥,再加上一道点心如西米布丁之类,咖啡管够。倒不是菜色不好,密契尔夫人的手艺不弱,只是数量不多,不够果腹。星期日午饭有烤鸡一只,当场切割,每人分得一两片,大匙大匙的番薯泥浇上鸡油酱汁。晚饭就只有鸡骨架剥下来的碎肉烩成稠糊糊的酱,放在一片烤面包上,名曰鸡派。其他一概全免。若是到了感恩节或是圣诞节,则卡赛出出进进地报喜:"今天有火鸡大餐!"所谓火鸡,肉粗味淡,火鸡肚子里面塞的一坨一坨粘糊糊的也不知是什么东西。一多和我时常踱到街上补充一个汉堡肉饼或热狗之类。在这种情形下,饭前祈祷对于我没有什么太大的意义,就是饭后祈祷恐也不免带有怨声,而不可能完全是谢主的恩典。

我小时候,母亲告诉我,碗里不可留剩饭粒,饭粒也不可落在桌上地上,否则将来会娶麻脸媳妇。这个威吓很能生效,真怕将来床头人是麻子。稍长,父亲教我们读李绅《悯农》诗:"锄禾日当午,汗滴禾下土。谁知盘中餐,粒粒皆辛苦。"因此更不敢糟蹋粮食。对于农民老早地就起了感激之意。养猪养鸡的、捕鱼捕虾的,也同样地为我服务,我凭什么白白地受人供养？吃得越好，越惶恐，如果我在举箸之前要做祈祷，我要为那些胼手胝足为大家生产食粮、供应食物的人祈福。

  如今我每逢有美味的饮食可以享受的时候，首先令我怀想的是我的双亲。我父亲对于饮膳非常注意，尤嗜冷饮，酸梅汤要冰镇得透心凉，山里红汤微带冰碴儿，酸枣汤、樱桃水……都要冰得入口打哆嗦。可惜我没来得及置备电冰箱，先君就弃养了。我母亲爱吃火腿、香蕈、蚶子、蛏干、笋尖、山核桃之类的所谓南货，我好后悔没有尽力供养。美食当前，辄兴风木之思，也许这些感受可以代替所谓饭前祈祷了吧？

汽车

在许多人的眼里,人分两种:一种是坐汽车的人,一种是没得汽车坐的人。

在大雨中,我在路边踉跄而行。路的泥泞,像一只大墨盒,坑洼处形成一片断续的小沼。忽闻汽车声,迎面而来,路上行人顿时起了骚动,纷纷地逃避,有的落荒而走,有的蹲在伞后做隐身于防御工事状。汽车过处,只听得訇然一声,泥浆四溅,腿脚慢一点的行人有的变成满脸花,有的浑身洒金,哭笑不得。这时候汽车里面坐着的士女懵然罔觉,怡然自若,士曰"雨景如绘",女曰"凉意袭人",风驰电掣而去,只留下受难的行人在那里怔愕、诅咒。我回想起法国大革命的前夕,巴黎贵族们的高轩驷马,在街上也是横行直撞,也是把水坑里的泥浆泼溅在行人身上,行人脸上也冒着怒火。

汽车是最明显的阶级标识之一。如果去拜访一位贵友或是场面较大的机关,而你是坐着汽车去的,到门无须下车敲门投刺那一套手续,只消汽车夫呜呜地揿两声喇叭,便像是《天方夜谭》里盗窟的魔术一般,两扇大门砉然而开,一个穿制服的阍人在门旁拱立,春风满面,一头不穿制服的獒犬在另一边立着,尾巴摇动,满面春风,汽车长驱直入。但如果你是人力车的乘客,甚而是安步当车者流,于按门铃之后要鹄立许久,然后大门上开一小洞,里面露出两只眼睛,向你上下扫射,用喝口令的腔调问你找谁,同时獒犬大吠,大门一扇略开小缝,阍者堵着门缝向你盘查。如果应对得体,也许放你进去,也许还要在门外鹄立,等他去报告他也不知是否在家的主人。在许多人的眼里,人分两种:一种是坐汽车的人,一种是没得汽车坐的人。至于汽车是怎样来的,租的、买的、公家的、接收的,也没有关系。汽车的样式也没有关系,四方矗耸的高轩也行,挥几十下才能开动的也行,水缸随时开锅冒热气的也行,只要是个能走动的汽车,就能保证车里面的人受到人的待遇。

　　从宴会出来也往往不能避免一幕悲剧,兴阑人散,主人送客,门口一大串的汽车一个个地把客人接走。这时节你若是无车阶级的,便只好门前伫立,乘人不注意的时候拔步便溜,但是为顾全性命起见,又不能不瞻前顾后地逡巡、徘徊。好心肠的主人一眼瞥见,绝对不准你步行归家,你说想散步也不行,你说想踏月色也不行,非要仆人喊人力车不可。仆人跑到胡同口大喊:"洋车!洋车!"声调凄绝,你和主人冷清清地立在门口,要说的话早已说完,该握的手早已握过,灯光惨淡,夜色阑珊,相对无言。有些更体贴的主人老早就替你安排,打听路线,求人顺便把你载回家去。这固然可以省却一番受窘,但是除了一饭之恩以外,又无端地加上了一回车送之恩!而且在车里你还不能咕嘟着嘴,须要强作欢颜,没话找话。

冯骥弹铗而歌,于食有鱼之后,就叹出无车,颇有见地,不是无病呻吟。想冯骥当时,必定饱受无车之苦。

世间最艳羡汽车者,当无过于某一些个女人。浓妆淡抹之后,风摆荷叶,摇曳生姿,而犹能昂然阔步一去二三里者,实在少见,所以古宜乘以油壁香车,今宜乘以汽车。精雕细塑的造像,自然应该衬上红木架座。我知道许多女人把汽车设备列为择偶的基本条件之一,此种设备究能保持多久固不敢必,总以眼前具备此种条件为原则。汽车本身的便利自不消说,由汽车而附带发生的许多花样可以决定整个的生活方式。对于她们,婚姻减去汽车而还能相当美满是不可能的。为了汽车而牺牲其他的条件,也是值得的交易。汽车代表许多东西,优裕、娱乐、虚荣的满足,人们的青睐、殷勤,都会随以俱来。至于婚姻的对方究竟是怎样的一块材料,那是次要的事。一个丈夫顶多重到二百磅,一辆汽车可以重到一吨,小疵大醇,轻重若判。

外国一位小说家新出一部作品,许多读者求他在作品上亲笔签署以为光宠,其中有一个读者不仅拿这一部新作品,而且把他过去的作品也都拿来请他签署。这个读者说他的妻子很喜欢他的作品,最近是她的生日,他想拿这一堆她所喜欢的作品作为生日礼物。小说家很是得意,欣然承诺之余,说:"你想出其不意地给她一惊,是不是?""是的,她一定会大吃一惊,她原是希望生日那天能得一辆雪佛兰!"这是美国杂志上的一个小故事。在号称平均五人有一辆汽车的美国,也还有想得汽车而不可得的妻子,何况是在洋车、三轮车满街跑的国度里?

  一队骆驼挂着铜铃,驮着煤袋,从城墙旁边由一个棉衣臃肿的乡下人牵着走过,那个侧影可以成为一幅很美妙的摄影题材,悬在外国人客厅里显着很朴雅可爱。外国人到中国来,喜欢坐人力车,跷起一条长腿拿着一根小杖敲着车夫的头指示他转弯,外国人喜欢看"骆驼祥子",外国人喜欢给洋车夫照像。可是我们不愿保存这样的国粹,我们也要汽车载货,我们也要汽车代步。我们不要老牛破车,我们要舒适速度,汽车应该成为日用品。可是有一样,如果汽车几十年内还不能成为大众的日用品,只是给少数人利用享受,作为大众的诅咒的对象,这时节汽车便是有一点"不合国情"。

乞丐

三年要饭,给知县都不干。

在我住的这一个古老的城里,乞丐这一种光荣的职业似乎也式微了。从前街头巷尾总点缀着一群三分像人七分像鬼的家伙,缩头缩脑地挤在人家房檐底下晒太阳,捉虱子,打瞌睡,啜冷粥,偶尔也有些个能挺起腰板,露出笑容,老远地就打躬请安,满嘴的吉祥话,追着洋车能跑上一里半里,喘得像只风箱。还有些扯着哑嗓穿行街巷大声地哀号,像是担贩的吆喝。这些人现在都到哪里去了?

据说,残羹剩饭的来源现在不甚畅了,大概是剩下来的鸡毛蒜皮和一些汤汤水水的东西都被留着自己度命了,家里的一个大坑还填不满,怎能把余沥去滋润别人!一个人单靠喝西北风是维持不了多久的。追车乞讨么?车子都渐渐现代化,在沥青路上风驰电掣,飞毛腿也追不上。汽车停住,砰的一声,只见一套新衣服走了出来,若是一个乞丐赶上前去,伸出胳膊,手心朝上,他能得到什么?给他一张大票,他找得开么?沿街托钵,呼天抢地也没有用。人都穷了,心都硬了,耳都聋了。偌大的城市已经养不起这种近于奢侈的职业。不过,乞丐尚未绝种,在靠近城根的大垃圾山上,还有不少同志在那里发掘宝藏,埋头苦干,手脚并用,一片喧阗。他们并不扰乱治安,也不侵犯产权,但是,说老实话,这群乞丐,无益税收,有碍市容,所以难免不像捕捉野犬那样地被捉了去。饿死的饿死,老成凋谢,继起无人,于是乞丐一业逐渐衰微。

在乞丐的艺术还很发达的时候,有一个乞讨的妇人给我很深的印象。她的巡回的区域是在我们学校左边。她很知道争取青年,专以学生为对象。她看见一个学生远远地过来,她便在路旁立定,等到走近,便大喊一声"敬礼",举手、注视,一切如仪。她不喊"爷爷""奶奶",她喊"校长",她大概知道新的升官图上的晋升的层次。随后是她的申诉,其中主要的一点是她的一个老母,年纪是八十。她继续乞讨了五六年,老母还是八十。她很机警,她追随几步之后,若是觉得话不投机,她的申诉便戛然而止,不像某些文章那样啰苏。她若是得到一个铜板,她的申诉也戛然而止,像是先生听到下课铃声一般。这个人如果还活着,我相信她一定能编出更合时代潮流的一套新词。

我说乞丐是一种光荣的职业,并不含有鼓励懒惰的意思。乞丐并不是不劳而获的人,你看他晒得黧黑干瘦,跑得上气不接下气,何曾安逸。而且他取不伤廉,勉强维持他的灵魂与肉体不至涣散而已。他的乞食的手段不外两种:一是引人怜,一是讨人厌。他满口"祖宗""奶奶"地乱叫,听者一旦发生错觉,自己的孝子贤孙居然沦落到这地步,恻隐之心就会油然而起。他若是背有瞎眼的老妈在你背后亦步亦趋,或是把畸形的腿露出来给你看,或是带着一窝的孩子环绕着你叫唤,或是在一块硬砖上稽颡在额上撞出一个大包,或是用一根草棍支着那有眼无珠的眼皮,或是像一个"人彘"似的就地擦着,或者申说遭遇,比"舍弟江南死,家兄塞北亡"还要来得凄怆,那么你那磨得帮硬的心肠也许要露出一丝的怜悯。怜悯不能动人,他还有一套讨厌的办法。他满脸的鼻涕眼泪,你越厌烦,他挨得越近,看看随时都会贴上去的样子,这时你便会情愿出钱打发他走开,像捐款做一桩卫生事业一般。不管是引人怜或是讨人厌,不过只是略施狡狯,无伤大雅。他不会伤人,他不会犯法;从没有一个人想伤害一个乞丐,他的那一把骨头,不足以当尊臂,从没有一种法律要惩治乞丐,乞丐不肯触犯任何法律所以才成为乞丐。乞丐对社会无益,至少也是并无大害,顶多是有一点有碍观瞻,如有外人参观,稍稍避一下也就罢了。有人以为乞丐是社会的寄生虫,话并不错,不过在寄生虫这一门里,白胖的多得是,一时怕数不到他罢?

从没有听说过什么人与乞丐为友,因而亦流于乞丐。乞丐永远是被认为现世报的活标本。他的存在饶有教育意义。无论交友多么滥的人,交不到乞丐,乞丐自成为一个阶级,真正的无产阶级(除了那只沙锅),乞丐是人群外的一种人。他的生活之最优越处是自由,鹑衣百结,无拘无束,街头流浪,无签到请假之烦，只求免于冻馁，富贵于我如浮云。所以俗语说："三年要饭，给知县都不干。"乞丐也有他的穷乐。我曾想象一群乞丐享用一只"花子鸡"的景况，我相信那必是一种极纯洁的快乐。Charles Lamb❶对于乞丐有这样的赞颂：

> 褴褛的衣衫，是贫穷的罪过，却是乞丐的袍褂，他的职业的优美的标识，他的财产，他的礼服，他公然出现于公共场所的服装。他永远不会过时，永远不追在时髦后面。他无须穿着宫廷的丧服。他什么颜色都穿，什么也不怕。他的服装比桂格教派的人经过的变化还少。他是宇宙间唯一可以不拘外表的人。世间的变化与他无干，只有他屹然不动。股票与地产的价格不影响他，农业的或商业的繁荣也与他无涉，最多不过是给他换一批施主。他不必担心有人找他作保。没有人肯过问他的宗教或政治倾向。他是世界上唯一的自由人。

话虽如此，谁不到山穷水尽谁也不肯做这样的自由人。只有一向做神仙的，如李铁拐和济公之类，游戏人间的时候，才肯短期的化身为一个乞丐。

---

❶ 查尔斯·兰姆（1755—1834），英国散文家。

让

人之异于禽兽者几希。

初到西方旅游的人,在市区中比较交通不繁的十字路口,看到并无红绿灯指挥车辆,路边常竖起一个牌示,大书Yield一个字,其义为"让",觉得奇怪。等到他看见往来车辆的驾驶人一见这个牌示,好像是面对纶绂一般,真个地把车停了下来,左顾右盼,直到可以通行无阻的时候才把车直驶过去。有时候路上根本并无车辆横过,但是驾驶人仍然照常停车。有时候有行人穿越,不分老少妇孺,他也一律停车,乖乖地先让行人通过。有时候路口不是十字,而是五六条路的交叉路口,则高悬一盏闪光警灯,各路车辆到此一律停车,先到的先走,后到的后走。这种情形相当普遍,他更觉得奇怪了,难道真是礼失而求诸野?

据说,"让"本是我们"固有道德"的一个项目,谁都知道孔融让梨、王泰推枣的故事。《左传》老早就有这样的嘉言:"让,德之主也。"(《昭·十》)"让,礼之主也。"

(《襄·十三》)《魏书》卷二十记载着东夷弁辰国的风俗："其俗，行者相逢，皆住让路。"当初避秦流亡海外的人还懂得"行者相逢皆住让路"的道理，所以史官秉笔特别标出，表示礼让乃泱泱大国的流风遗韵，远至海外，犹堪称述。我们抛掷一根肉骨头于群犬之间，我们可以料想到将要发生什么情况。人为万物之灵，当不至于狼奔豕窜地攘臂争先地夺取一根骨头。但是人之异于禽兽者几希，从日常生活中，我们可以窥察到懂得克己复礼的道理的人毕竟不太多。

在上下班交通繁忙的时刻，不妨到十字路口伫立片刻，你会看到形形色色的车辆，有若风驰电掣，目不暇给。从前形容交通频繁为车水马龙，如今马不易见，车亦不似流水，直似迅濑哮吼，惊波飞薄。尤其是一溜臭烟噼噼啪啪呼啸而过的成群机车，左旋右转，见缝就钻，比电视广告上的什么狼什么豹的还要声势浩大。如果车辆遇上红灯摆长队，就有性急的骑机车的拼命三郎鱼贯窜上红砖道，舍正路而弗由，抄捷径以赶路，红砖道上的行人吓得心惊胆战。十字路口附近不是没有交通警察，他偶尔也在红砖道上踯躅，机车骑士也偶尔被拦截，但是刚刚拦住一个，十个八个又飕地飞驰过去了。不要以为那些骑士都是汲汲地要赶赴死亡约会，他们只是想省时间，所以不肯排队，红砖道空着可惜，所以权为假道之计。骑车的人也许是贪睡懒觉，争着要去打卡，也许有什么性命交关的事耽误不得，行人只好让路。行人最懂得让，让车横冲直撞，不敢怒更不敢言，车不让人人让车，我们的路上行人维持了我们传统的礼让。什么时候才能人不让车车让人，只好留待高谈中西文化的先生们去研究了。

大厦七层以上，即有电梯。按常理，电梯停住应该让要出来的人先出来，然后要进去的人再进去，和公共汽车的上下一样。但是我经常看见一些野性未驯的孩子，长头发的恶少，以及绅士型的男士和时装少妇，一见电梯门启，便疯狂地往里挤，把里面要出来的人憋得唧唧叫。公共场所如电影院的电梯门前总是拥挤着一大群万物之灵，谁也不肯遵守先来后到的顺序而退让一步。

有人说，我们地窄人稠，所以处处显得乱哄哄。例如任何一个邮政支局，柜台里面是桌子挤桌子，柜台外面是人挤人，尤其是邮储部门人潮汹涌，没有地方从容排队，只好由存款簿图章在柜台上排队。可见大家还是知道礼让的。只是人口密度太高，无法保持秩序。其实不然，无论地方多么小，总可以安排下一个单行纵队，队可以无限伸长，伸到街上去，可以转弯，可以队首不见队尾，循序向前挪移，岂不甚好？何必存款簿图章排队而大家又在柜台前挤作一团？说穿了还是争先恐后，不肯让。

小的地方肯让，大的地方才会与人无争。争先是本能，一切动物皆不能免；让是美德，是文明进化培养出来的习惯。孔子曰："当仁不让于师。"只有当仁的时候才可以不让，此外则一定当以谦让为宜。

辑贰

因为自由
所以温柔

干一行应该爱一行才对,因为没有一行没有乐趣,至少一件工作之完满地完成便是无上乐趣。

客

我常幻想着"风雨故人来"的境界,在风飒飒、雨霏霏的时候,心情枯寂百无聊赖,忽然有客款扉,把握言欢,莫逆于心。

"只有上帝和野兽才喜欢孤独。"上帝吾不得而知之,至于野兽,则据说成群结党者多,真正孤独者少。我们凡人,如果身心健全,大概没有不好客的。以欢喜幽独著名的Thoureau❶,他在树林里也将来客安排得舒舒贴贴。我常幻想着"风雨故人来"的境界,在风飒飒、雨霏霏的时候,心情枯寂百无聊赖,忽然有客款扉,把握言欢,莫逆于心。来客不必如何风雅,但至少第一不谈物价升降,第二不谈宦海浮沉,第三不劝我保险,第四不劝我信教,乘兴而来,兴尽即返,这真是人生一乐。但是我们为客所苦的时候也颇不少。

很少的人家有门房,更少的人家有拒人千里之外的阍者,

---

❶ 美国作家梭罗(1817—1862),写出了影响世人至深的著作《瓦尔登湖》。

门禁既不森严,来客当然无阻,所以私人居处,等于日夜开放。有时主人方在厕上,客人已经升堂入室,回避不及,应接无术,主人鞠躬如也,客人呆若木鸡。有时主人方在用饭,而高轩贲止,便不能不效周公之"一饭三吐哺",但是来客并无归心,只好等送客出门之后再补充些残羹剩饭。有时主人已经就枕,而不能不倒屣相迎。一天二十四小时之内,不知客人何时入侵,主动在客,防不胜防。

在西洋,所谓客者是很稀罕的东西。因为他们办公有办公的地点,娱乐有娱乐的场所,住家专做住家之用。我们的风俗稍为不同一些,办公、打牌、吃茶、聊天都可以在人家的客厅里随时举行的。主人既不能在座位上遍置针毡,客人便常有如归之乐。从前官场习惯,有所谓端茶送客之说。主人觉得客人应该告退的时候,便举起盖碗请茶;那时节一位训练有素的豪仆在旁一眼瞥见,便大叫一声"送客"!另有人把门帘高高打起。客人除了告辞之外,别无他法。可惜这种经济时间的良好习俗,今已不复存在,而且这种办法也只限于官场,如果我在我的小小客厅之内端起茶碗,由荆妻稚子在旁嘤然一声"送客",我想客人会要疑心我一家都发疯了。

客人久坐不去,驱襄至为不易。如果你枯坐不语,他也许发表长篇独白,像个垃圾口袋一样,一碰就泄出一大堆;也许一根一根的纸烟不断地吸着,静听挂钟滴答滴答的响。如果你暗示你有事要走,他也许表示愿意陪你一道走。如果你问他有无其他的事情见教，他也许干脆告诉你来此只为闲聊天。如果你表示正在为了什么事情忙，他会劝你多休息一下。如果你一遍一遍地给他斟茶，他也许就一碗一碗地喝下去而连声说"主人别客气"。乡间迷信，恶客盘踞不去时，家人可在门后置一扫帚，用针频频刺之，客人便会觉得有刺股之痛，坐立不安而去。此法有人曾经实验，据云无效。

"茶，泡茶，泡好茶；坐，请坐，请上座。"出家人犹如此势利，在家人更可想而知。但是为了常遭客灾的主人设想，茶与座二者常常因客而异，盖亦有说。凤好牛饮之客，自不便奉以"水仙""云雾"，而精研《茶经》之士，又断不肯尝试那"高末""茶砖"。茶卤加开水，浑浑满满一大盅，上面泛着白沫如啤酒，或漂着油彩如汽油，这固然令人恶心；但是如果名茶一盏，而客人并不欣赏，轻呷一口，盅缘上并不留下芬芳，留之无用，弃之可惜，这也是非常讨厌之事。所以客人常被分为若干流品，有能启用平素主人自己舍不得饮用的好茶者；有能享受主人自己日常享受的中上茶者；有能大量取用茶卤冲开水者，飨以"玻璃"者是为未入流。至于座处，自以直入主人的书房绣闼者为上宾，因为屋内零星物件必定甚多，而主人略无防闲之意，于亲密之中尚含有若干敬意，做客至此，毫无遗憾；次焉者廊前檐下随处接见，所谓班荆道故，了无痕迹；最下者则肃入客厅，屋内只有桌椅板凳，别无长物，主人着长袍而出，寒暄就座，主客均客气之至；在厨房后门伫立而谈者是为未入流。我想此种差别待遇，是无可如何之事，我不相信孟尝门客三千而待遇平等。

人是永远不知足的。无客时嫌岑寂，有客时嫌烦嚣，客走后扫地抹桌又另有一番冷落空虚之感，问题的症结全在于客的素质。如果素质好，则未来时想他来，既来了想他不走，既走想他再来；如果素质不好，未来时怕他来，既来了怕他不走，既走怕他再来。虽说物以类聚，但不速之客甚难预防。"夜半待客客不至，闲敲棋子落灯花"，那种境界我觉得最足令人低徊。

萝卜汤的启示

少说废话，这便是秘诀，和汤里少加萝卜少加水是一个道理。

抗战时我初到重庆，暂时下榻于上清寺一位朋友家。晚饭时，主人以一大钵排骨萝卜汤飨客，主人谦逊地说："这汤不够味。我的朋友杨太太做的排骨萝卜汤才是一绝，我们无论如何也仿效不来，你去一尝便知。"杨太太也是我的熟人，过几天她邀我们几个熟人到她家去餐叙。

席上果然有一大钵排骨萝卜汤。揭开瓦钵盖，热气冒三尺。每人舀了一小碗。喔！真好吃。排骨酥烂而未成渣，萝卜煮透而未变泥，汤呢？热、浓、香、稠，大家都吃得直吧嗒嘴。少不得人人要赞美一番，并且异口同声地向主人探询，做这一味汤有什么秘诀。加多少水，煮多少时候，用文火、用武火？主人只是咧着嘴笑，支支吾吾地说："没什么，没什么，这种家常菜其实上不得台面，不成敬意。"客人们有一点失望，难道说这其间还有什么职业的秘密不成，你不肯说也就罢了。这时节，一位心直口快的朋友开腔了，他说："我来宣布这个烹调的秘诀吧！"大家都注意倾听，他不慌不忙地说："道理很简单，多放排骨，少加萝卜，少加水。"也许他说的是实话，实话往往可笑。于是座上泛起了一阵轻微的笑声。主人顾左右而言他。

宴罢，我回到上清寺朋友家。他问我方才席上所宣布的排骨萝卜汤秘诀是否可信，我说："不妨一试。多放排骨，少加萝卜，少加水。"当然，排骨也有成色可分，需要拣上好的，切萝卜的刀法也有讲究，大小厚薄要适度，火候不能忽略，要慢火久煨。试验结果大成功。杨太太的拿手菜不再是独门绝活。

从这一桩小事，我联想到做文章的道理。文字掷地作金石声，固非易事，但是要做到言中有物，不令人觉得淡而无味，却是不难办到的。少说废话，这便是秘诀，和汤里少加萝卜少加水是一个道理。

鱼梯

看鱼爬梯，着实有趣，但是其情亦复可悯。

在相声里听说过"羊上树"，从来没听说过"鱼爬梯"。可是鱼爬梯，确有其事，我看见了。

西雅图市内有一个名胜区"华盛顿湖运河"，这条运河沟通淡水的华盛顿湖与咸水的普杰海湾，长八英里❶。华盛顿湖的水位高，海湾的水位低，所以运河的近海处设了一套闸门，闸门之内水位可以调整以便船只出入，类似一个小型的巴拿马运河。这运河的正式兴建始自一九一一年，历时六年始告完成，工程不算小。主其事者是西雅图区美国陆军工兵营。实际上披荆斩棘的血汗功劳有极大一部分属于当年我们华工，而这件事只留在很少人的记忆里。

运河区已发展成为一个公园，花草树木整洁美观，这是美国人所优为之的。鱼梯是这运河很重要的一部分，运河兴建之

---

❶ 8英里=12.87千米。

初即有鱼梯的设备，不过运用不大理想，改建的新的鱼梯是去年才完成的，开始成为一个新的参观的胜地。

鱼梯是什么？普杰海湾是一个很好的港口，港湾纵横，深入内地，不但是海军基地，也是运输的中心，而且渔产亦甚丰富。渔产之一是鲑鱼与鳟鱼。两种鱼都是海鱼（山涧里的鲟鱼另是一个品种），而产卵时则进入淡水的江湖之内，所谓"溯河性鱼（anadromous fish）"。鲑鱼产卵后就死，好像是天职已尽，再活着就没有意义。上天造物，抑何决绝！鳟鱼则不一定死，也有活着回去的。鲑鱼进入淡水则变红色，是为"红鲑（sockeye）"，雄者嘴巴变作钩状。卵产在湖底之后，由其自然受精繁殖，或是在产卵处由人工取卵授精，孵出后纵之入湖。鱼苗长大之后，顺流而下，最后入海，其间可能被秋沙鸭、大鲤鱼所吞食，被渔船或钓者所捕获，海里还有海獭，难关重重。幸得长大成熟者到了明年夏秋之交又要进入淡水产卵，开始另一循环。

鱼要进入淡水，必须逆流而上，如有急流激湍则表示必有淡水在上，鱼便格外兴奋，有梯也要爬上去，为了产卵不顾一切。运河的闸门旁边，兴建了一个鱼梯，但是对鱼的诱惑力不够大，有时候鱼宁可随着驶进湖中的船只一起进去。在闸门水落的时候，往往就可以看到进退失据的鱼曝鳃于闸门之上。新建的鱼梯，有二十一级，旧的只有十一级，新梯坡度较小，鱼爬上去不太吃力。现在每年有三十几万条鱼循梯而上，以后数月可能还要多。新梯还有一个优点，在第十九第二十级的地方特辟参观室，墙壁上装了六块大玻璃窗，有灯光照耀，游者可以看到大大小小的鲑鱼、鳟鱼在水里活跃，翻筋头，竖蜻蜓，屡退屡进，然后一个鹞子翻身跃上了一级，掉尾而逝。任何水族馆都有玻璃箱展示形形色色的鱼，但是没有这样的规模，没有这样的生动活泼的态势。任何濠梁之上都可以看到儵然鱼乐，但是看不到这样的惊心动魄的生死挣扎。在这六扇玻璃窗前，俨如置身水底，与鲑鳟为侣。

　　看鱼爬梯，着实有趣，但是其情亦复可悯。虽说天地之大德曰生，生亦即是死的开始。生生死死，是循环，也是轮回。一切有情，皆在这轮回中打转，又岂止鱼而已？我看鱼梯之时，正是鲑鱼上市之际，友人招宴，飨以烤鲑（俗名"大马哈"），想着它爬梯之苦，不忍食其肉。

理发

我疑心理发匠许都是孔武有力的，不然腕臂间怎有那样大的力气？

理发不是一件愉快事。让牙医拔过牙的人，望见理发的那张椅子就会怵怵不安，两种椅子很有点相像。我们并不希望理发店的椅子都是檀木螺钿，或是路易十四式，但至少不应该那样的丑，方不方圆不圆的，死橛橛硬帮帮的，使你感觉到坐上去就要受人割宰的样子。门口担挑的剃头挑儿，更吓人，竖着的一根小小的旗杆，那原是为挂人头的。

但是理发是一种必不可免的麻烦。"君子整其衣冠，尊其瞻视，何必蓬头垢面，然后为贤？"理发亦是观瞻所系。印度锡克族，向来是不剪发不剃须的，那是"受诸父母，不敢毁伤"的意思，所以一个个的都是满头满脸毛氄氄的，滔滔皆是，不以为怪。在我们的社会里就不行了，如果你蓬松着头发，就会有人疑心你是在丁忧，或是才从监狱里出来。髭须是更讨厌的东西，如果蓄留起来，七根朝上八根朝下都没有关系，嘴上有毛受人尊敬，如果刮得光光的露出一块青皮，也行，也受人尊敬，惟独不长不短的三两分长的髭须，如鬃鬣，如刺猬，如刈后的稻秆，看起来令人不敢亲近。鲁智深"腮边新剃，暴长短须，戗戗的好惨濑人"，所以人先有五分怕他。钟馗须髯如戟，是一副啖鬼之相。我们既不想吓人，又不欲啖鬼，而且不敢不以君子自勉，如何能不常到理发店去？

　　理发匠并没有令人应该不敬重的地方，和刽子手屠户同样的是一种为人群服务的职业，而且理发匠特别显得高尚，那一身西装便可以说是高等华人的标帜。如果你交一个刽子手朋友，他一见到你就会相度你的脖颈，何处下刀相宜，这是他的职业使然。理发匠俟你坐定之后，便伸胳膊挽袖相度你那一脑袋的毛发，对于毛发所依附的人并无兴趣。一块白绸布往你身上一罩，不见得是新洗的，往往是斑斑点点的如虎皮宣。随后是一根布条在咽喉处一勒。当然不会致命，不过箍得也就够紧，如果是自己的颈子大概舍不得用那样大的力。头发是以剪为原则，但是附带着生薅硬拔的却也不免，最适当的抗议是对着那面镜子狞眉皱眼地做个鬼脸，而且希望他能看见。人的头生在颈上，本来是可以相当地旋转自如的，但是也有几个角度是不大方便的，理发匠似乎不大顾虑到这一点，他总觉得你的脑袋的姿势不对，把你的头扳过来扭过去，以求适合他的刀剪。我疑心理发匠许都是孔武有力的，不然腕臂间怎有那样大的力气？

辑贰 因为自由 所以温柔

椅子前面竖起的一面大镜子是颇有道理的,到不是为了可以显影自怜,其妙在可以知道理发匠是在怎样收拾你的脑袋,人对于自己的脑袋没有不关心的。戴眼镜的朋友摘下眼镜,一片模糊,所见亦属有限。尤其是在刀剪晃动之际,呆坐如僵尸,轻易不敢动弹,对于左右坐着的邻坐无从瞻仰,是一憾事。左边客人在挺着身子刮脸,声如割草,你以为必是一个大汉,其实未必然,也许是个女客;右边客人在喷香水擦雪花,你以为必是佳丽,其实亦未必然,也许是个男子。所以不看也罢,看了怪不舒服。最好是废然枯坐。

其中比较最愉快的一段经验是洗头。浓厚的肥皂汁滴在头上,如醍醐灌顶,用十指在头上搔抓,虽然不是麻姑,却也手似鸟爪。令人着急的是头皮已然搔得清痛,而东南角上一块最痒的地方始终不会搔到。用水冲洗的时候,难免不泛滥入耳,但念平夙盥洗大概是以脸上本部为艰,边远陬隅辄弗能届,如今痛加涤荡,亦是难得的盛举。电器吹风,却不好受,时而凉风习习,时而夹上一股热流,热不可当,好像是一种刑罚。

最令人难堪的是刮脸。一把大刀锋利无比,在你的喉头上眼皮上耳边上,滑来滑去,你只能瞑目屏息,捏一把汗。Robert Lynd 写过一篇《关于刮脸的讲道》,他说:

当剃刀触到我的脸上，我不免有这样的念头："假使理发匠忽然疯狂了呢？"很幸运的，理发匠从未发疯狂过，但我遭遇过别种差不多的危险。例如，有一个矮小的法国理发匠在雷雨中给我刮脸，电光一闪，他就跳得好老高。还有一个喝醉了的理发匠，拿着剃刀找我的脸，像个醉汉的样子伸手去一摸却扑了个空。最后把剃刀落在我的脸上了，他却靠在那里镇定一下，靠得太重了些，居然把我的下颊右方刮下了一块胡须，刀还在我的皮上，我连抗议一声都不敢。就是小声说一句，我觉得，都会使他丧胆而失去平衡，我的颈静脉也许要在他不知不觉间被他割断，后来剃刀暂时离开我的脸了，大概就是法国人所谓Reculer pour mieux saurer（退回去以便再向前扑），我趁势立刻用梦魇的声音叫起来，"别刮了，别刮了，够了，谢谢你"……

这样的怕人的经验并不多有。不过任何人都要心悸，如果在刮脸时想起相声里的那段笑话，据说理发匠学徒的时候是用一个带茸毛的冬瓜来做试验的，有事走开的时候便把刀向瓜上一剎，后来出师服务，常常错认人头仍是那个冬瓜。刮脸的危险还在其次，最可恶的是他在刮后用手毫无忌惮的在你脸上摸，摸完之后你还得给他钱！

关于苹果

科学上的一项重要原理，焉能于无意中得之，天下哪有这样便宜的事？

我一向不爱吃苹果，倒不是为了西方人传说夏娃吃了禁果而犯了世世代代的滔天大罪，亚当吞了苹果而卡在喉咙里变成为喉结，因而产生反感。我对这秀色可餐的果实发生反感，是因为幼时在北平只有在过年的时候才有机会亲近它的颜色，年关将届预订的苹果便盛在糊纸的笼筐里挑到了家门，五只成一单位放在高脚锡盘上，佛龛前四盘，祖先牌位前四盘，白里透绿，绿里透红，看得孩子们馋涎欲滴，要等到正月十五撤供，才能每人分上一两只，那时节由于烟熏火燎，早已成为金玉其外败絮其中了！

这种苹果后来好像渐渐被淘汰了。苹果，像许多其他的水果一样，大概不是我们中国固有的。《本草纲目》："柰与林檎，一类二种，实似林檎而大，一名频婆。"频婆即苹果，是梵语，据西方辞典所载苹果最早见于高加索一带，后来才蕃衍至其他各处，传至中国好像是很晚近的事。"柰"字见《说文》，可是奈究竟是否今之苹果，不敢确定，因为这一科的植物品类甚多。看我们国画花卉蔬果一类，似无苹果，想来大概不是有悠久历史的东西。我后来旅居山东，知道烟台一带产量甚丰，但是色香味已非我幼时所见苹果那样，显然是新的外来的品种，有所谓香蕉苹果者，风味特佳。

韩国的苹果，大而无味。我在三十年前途经仁川，购得一篓，携归船上，码头上恶少成群，公然攫夺，到得船上只剩了半篓。这是韩国给我的小小印象之一。

苹果传到美国不到两百年。约翰·查普曼（1774—1845）绰号"苹果种子先生"，他推广苹果的种植近于热狂。现在华盛顿州雅奇玛一带是美国盛产苹果的地区之一，已有一百年历史。果熟时来不及摘取，常有大批的墨西哥人以较低工资前去应雇。顾客自行动手摘取，亦在欢迎之列。苹果种类多达三千，最著者则不外红黄二种，品质佳者甜脆多汁，入口稍加咀嚼即有浆汁汩汩下咽。遇到苹果园主人制作苹果汁，则常被邀饮，浓浓的，混混的，甜甜的，那风味不是瓶装罐头装的可以比的。苹果产量太多，所以商人就捏造了一句箴言"日食苹果一个，医生不需看我"，上口合辙，居然腾播于众人之口。其实这只是商业广告的噱头，毫无事实根据。一个中等大小的苹果，平均重量为一百五十克，其中所含之维他命C不过三毫克，中号一百八十克的橘柑所含之维他命C为六十六毫克，相差不可以道里计。苹果对人健康之主要贡献乃其纤维质，有清肠之功，然此种纤维质在杂粮蔬菜之中所在皆是。

低徊于苹果树下，不禁忆起儿童读物中所描述的牛顿。牛顿二十四岁时在苹果树下，看见苹果落地（说得更戏剧化一些则是苹果正好打在他的头上），于是顿悟，悟出了万有引力的道理，其实这是误会。科学上的一项重要原理，焉能于无意中得之，天下哪有这样便宜的事？牛顿在看到苹果落地以前，早已在穷搜冥讨，考虑月亮、地球及其他星体运转的问题，他早已有所发明，看到苹果落地不过给了他灵感，他从而获得新的印证而已。否则，落地者岂止苹果，看到苹果落地者又岂止牛顿一人？

那棵苹果树早已死了，好事者把那棵树的木头一块块地锯下来，高价出售，作为纪念品。

制服

"不要误会,我不是遵从你的命令,我是听了梁先生的劝告!"

学生要穿制服,就是到了大学阶段在军训的时间仍然要穿制服。我记得在若干年前,有一个学生在军训时间不肯穿制服,穿着一条破西装裤一件敞着领口的白衬衫就挤进队伍里去。教官点名,一眼就看出他来,严词申斥,他报以微笑,做不屑状。教官无可奈何,警告了事。下一次军训时间他依然故我,吊儿郎当,教官大怒,乃发生口角。事闻于当局,拟予开除处分。我主从宽,力保予劝诱使之就范。于是我约他到家谈话,坦告所以。

这位青年眉毛一耸,冷冷一笑,说:"我以为梁先生是自由主义者,怎么,梁先生你也赞成穿制服吗?"

我说:"少安毋躁,听我解释。我并不赞成我们学校的学生平时穿制服,可是军训有模拟军队的意味,你看古今中外哪一国的军队(除了便衣队或游击队)不穿制服?军队穿制服,自有其一番道理。所以军训时穿制服,也自有其一番道理。学校既然有此规定，而你不守规则，这便成了纪律问题。在任何一个团体里不守纪律是要处罚的。为今之计，你有两条路好走。一是服从规定，恪守纪律，此后军训穿起制服。一是坚持你的个人自由，宁愿接受纪律制裁。如果你选后者，大可自动退学，不过听候除名亦无不可。"

他的意思好像有一点活动，他说："你劝我走哪一条路呢？"我说："此事要由你自己决定。如果你肯委屈自己一下，问题就解决了。天下本来没有绝对的自由。为了纪律，牺牲一点自由，也是常有的事。如果你太重视自己的主张，甘愿接受后果也不肯让步，我对你这份为了原则而不放弃立场的道德勇气，也是很能欣赏的。"

他在沉思。我乘机又说了一个故事。英国哲学家罗素在第一次世界大战时，因为公然放言反对战争，被捕下狱，并科罚款。罗素一声不响地付了罚款，走进监狱，毫无怨言。他要说的话，他说了；他该受的惩罚，他受了。言论自由没有受到损伤，国家的法律也没有遭到破坏。这就是民主政治之可贵的一面。一个有道德勇气的人是可钦佩的，但是他也要有尊重法律的风度。

他默默地站起来告辞而去，看那样子有一点悻悻然。

下次军训时间，他穿上了制服，虽然帽子歪戴着，领扣未结。教官注视了他一眼，他立刻发言道："不要误会，我不是遵从你的命令，我是听了梁先生的劝告！"

好倔强的一个孩子！

计程车

如今车有四轮,而且马达代替人工,还不知足?

观光客(包括洋人与华裔洋人)来此观光,临去时,有些人总是爱问他们有何感想。其实何需问。其感想如何,我们早已耳熟能详,其中有一项几乎是每人都会提到的:"交通秩序太乱,计程车横冲直撞,坐上去胆战心惊。"言下犹有余悸的样子。我们听了惭愧。许多国家都比我们强,交通秩序井然,开车的较有礼貌。

尽管我们的计程车不满人意,但不要忘记计程车的前一代的三轮车,更前一代的人力车。居住过上海租界的人应能记得,高大的外国水兵翘起腿坐在人力车上,用一根小木棒敲着飞奔的人力车夫的头,指挥他左转右转,把人当畜牲看待,其间可有丝毫礼貌?居住过重庆的人应能记得,人力车过了两路口冲着都邮街大斜坡向东急行,猛然间车夫为了省力将车把向上一扬,登时车夫悬吊在半空中,两脚乱蹬而不着地,口里大喊大叫,名曰"钓鱼",坐在车上的人犹如御风而行,大气都不敢喘,岂只是胆战心惊?三轮脚踏车,似乎是较合于人道,可是有一阵子我每日从德惠街到洛阳街,那段路可真不短,有一回遇到台风放雨尾,三轮车好像是扯着帆逆风而行,足足走了将近两小时,进退不得,三轮车夫累个半死。如今车有四轮,而且马达代替人工,还不知足?

不知足才能有进步,对。不过进步是要一步一步走的,否则便是"大跃进"了。不会走,休想跳。要追赶需从后面加紧脚步向前赶,"迎头赶上"怕没有那样的便宜事。

外国的计程车大抵都是较高级的车,钻进去不至于碰脑袋,坐下来不至于伸不开腿,走起来平平稳稳,不至于蹦蹦跳跳。即使不是高级车,多数是干干净净的。开车的人衣履整齐,从没有赤脚穿拖鞋或是穿背心短裤的。但是他们的计程车并不满街跑,不是招手就来的。如果大清早到飞机场,有时候还需前一晚预约,而且车资之高,远在我们的之上。初履日本东京的人,坐计程车由机场到市内,看着计程表由一千两千还往上跳,很少人心脏不跟着猛跳的。我们的计程车,全是小型低级的,且不要问什么自制率,就算它是国货吧,这不足为耻(我们有的是高级大轿车,那是达官巨贾用的,小民只合坐小车)。一个五尺六寸高的人坐在车里,头顶就会和车顶摩擦。车垫用手一摸,沙楞楞的全是尘土,谁知道哪里来的这么多灰尘。不过若能佝偻着身子钻进车厢,拳着腿坐下,这也就很不错了。我们的计程车会进步的,总有一天会进步到数目渐渐减少,价格渐渐提高到大家坐不起而不得不自己买车开车,现在计程车满街跑,应该算是畸形的全盛时代,不会久。

计程车司机劫财施暴的事偶有所闻,究竟是其中的极少数。我个人所遇到的令人恼火的司机只有下述几个类型。长头发一脸溃泥,服装不整。当然士大夫也有囚首垢面的,对计程车司机也就不必深责。曾经有一阵子要司机都穿制服,若要统一服装,没有蛮干的力量能办得通吗?有时候他口里叨着一根纸烟开车,风吹火星直扑后座,我请他不要吸烟,他理都不理,再请求他一遍他就赌气把烟向窗外一丢,顺势啐一口,唾沫星子飞到我脸上来。又有些个雅好音乐,或是误会乘客都是喜欢音乐的,把音响开得震耳欲聋(已经相当聋的也吃不消),而所播唱的无非是那些靡靡之音。我请他把声音放小一些,他勉强从命,老大不愿意地做象征性的调整,我请他干脆关掉,这下子他可光火了,他说:"这车子是我的!"显然他忘记了付车资的人暂时也有一点权利可以主张。但是我没有作声,我报以"沉默的抗议"。更有一回,司机以为我是人生地不熟的外来客,南辕北辙地大兜圈子。我发现有异,加以指正。他恼羞成怒,立刻脸红脖子粗,猛踩油门,突转硬弯,在并不十分空荡的路面上蛇行急驶,遇到红灯表演紧急刹车。我看他并没有与我偕亡的意思,大概只是要我受一点刺激,紧张一下而已。为了使他满足,我紧握把手,故作紧张状,好像是准备要和他同归于尽的样子。遇到这样的事,无需惊异,天下

辑贰　因为自由　所以温柔

是有这等样的人,不过偶然让我遇到罢了。从前人说,同搭一条船便是缘。坐计程车,亦然。遇上什么样的司机也是前缘注定,没得说。

绝大多数司机是和善的。尤其是年纪比较大些的,胖胖墩墩的,一脸的老实相,有些个还颇为健谈。

"老先生哪里人呀?"

"北平。"

"我一听就知道啦。"

"您高寿啦?"

"还小呢,八十出头。"

"喝!"他吓一跳,"保养得好!"

就这样攀谈下去,一直没个完,到我下车为止。更有些个善于看相,劈头就问:

"您在什么地方上班?"

我没作声。他在返光镜中再瞄我一眼,自言自语地说:"不像是做官的。"我哼了一声。他又补充一句:"也不像做买卖的。"他逗起了我的好奇,我就反问:

"你说我像是干什么的呢?"

"大约是教书的吧?"我听到心头一凛,被他一语摸清了我的底牌。退休了二十年,还没有褪尽穷酸气。

又有一次我看见车里挂着一张优良驾驶奖状,好像是说什么多少年未出事故。我的几句赞扬引出司机的一番不卑不亢的话"干我们这一行的,唉,要说行车安全,其实我们只有百分之五十的把握",说到这里话一顿,他继续说:"另外百分之五十是操在别人手里。"我深韪其言,其实无论干哪一行,要成功当然靠自己,然而也要看因缘。

由熊掌[1]说起

天下之口有同嗜,真正的美食不过是一般色香味的享受,不必邪魔外道地去搜求珍异。

《中国语文》二〇六期(第三十五卷第二期)刘厚醇先生《动物借用词》一文:

"鱼,我所欲也,熊掌,亦我所欲也;二者不可得兼,舍鱼而取熊掌也。"这是孟子的话。我怀疑孟子是否真吃过熊掌,我确信本刊的读者里没有人吃过熊掌。孟子这句话的意思是:假如不可能两个目标同时达到,应该放弃比较差一点的一个,而选择比较好一点的一个目标。熊掌和猩唇、驼峰全属于"八珍",孟子用它来代表珍贵的东西;鱼是普通食物,代表平凡的东西。"鱼与熊掌"现在已经

---

[1] 熊属国家一级保护的哺乳动物,严禁猎杀食用。猎熊取掌为犯罪行为。

成为广泛通用的一句话,因为这个譬喻又简单又确切。(虽然,差不多所有的人全没吃过熊掌;如果当真地叫一般人去选择的话,恐怕全要"舍熊掌而取鱼也"!)

我也不知道孟子是否真吃过熊掌。若说"本刊的读者里没有吃过熊掌",则我不敢"确信",因为我是"本刊的读者"之一,我吃过。

民国十一二年间,有一天侍先君到北京东兴楼小酌。我们平常到饭馆去是有固定的房间的,这一天堂倌抱歉地说:"上房一排五间都被王正廷先生预订了,要委屈二位在南房左边一间将就一下。"这无所谓。不久,只见上房灯火辉煌,衣冠济济,场面果然很大。堂倌给我们上菜之后,小声私语:"今天实在对不起,等一下我有一点外敬。"随后他端上了一盘热腾腾的粘糊糊的东西。他说今天王正廷宴客,有熊掌一味,他偷偷地匀出来一小盘,请我们尝尝。这虽然近似贼赃,但他一番雅意却之不恭,而且这东西的来历如何也正难言。一饮一啄,莫非前定。我们也就接受了。

熊掌吃在嘴里,像是一块肥肉,像是"寿司",又像是鱼唇,又软又黏又烂又腻。高汤煨炖,味自不恶,但在触觉方面并不感觉愉快,不但不愉快,而且好像难以下咽。我们没有下第二箸,真是辜负了堂倌为我们做贼的好意。如果我有选择的自由，我宁舍熊掌而取鱼。

事有凑巧，初尝异味之后不久，过年的时候，厚德福饭庄黑龙江分号执事送来一大包东西，大概是年礼吧，打开一看，赫然熊掌，黑不溜秋的，上面还附带着一些棕色的硬毛。据说熊掌须用水发，发好久好久，然后洗净切片下锅煨煮，又要煮好久好久。而且煨煮之时还要放进许多美味的东西以为佐料。谁有闲工夫搞这个劳什子！熊掌既为八珍之一，干脆，转送他人。

所谓"八珍"，历来的说法不尽相同，《礼记·内则》提到的"淳熬、淳母、炮豚、炮牂、捣珍、渍、熬、肝菅"，描述制作之法，其原料不外"牛、羊、麋、鹿、麇、豕、狗、狼"；近代的说法好像是包括"龙肝、凤髓、豹胎、鲤尾、鸮炙、猩唇、熊掌、酥酪蝉"。其中一部分好像近于神奇，一部分听起来就怪吓人的。所谓珍，全是动物性的。我常想，上天虽然待人不薄，口腹之欲究竟有个限度，天下之口有同嗜，真正的美食不过是一般色香味的享受，不必邪魔外道地去搜求珍异。偶阅明人徐树丕《识小录》，有《居服食三等语》一则：

> 汤东谷语人曰："学者须居中等屋，服下等衣，食上等食。何者？茅茨土阶，非今所宜。瓦屋八九间，仅藏图书足矣。故曰中等屋。衣不必绫罗锦绣也，夏葛冬布，适寒暑足矣。故曰下等衣。至于饮

食，则当远求名胜之物，山珍海错。名茶法酒，色色俱备，庶不为凡流俗士，故曰上等食也。"

中等屋、下等衣，吾无闲言。惟所谓上等食，乃指山珍海错而言，则所见甚陋。以言美食，则鸡鸭鱼肉自是正味，青菜豆腐亦有其香，何必龙肝凤髓方得快意？苟烹调得法，日常食物均可令人满足。以言营养，则蛋白质、碳水化合物、菜蔬瓜果，匀配平衡，饮食之道能事尽矣。我当以为吃在中国，非西方所能望其项背，寻思恐未必然，传统八珍之说徒见其荒诞不经耳。

流行的谬论

干一行应该爱一行才对。因为没有一行没有乐趣,至少一件工作之完满地完成便是无上乐趣。

有许多俚语俗谚,都是多少年下来的经验与智慧累积锻炼而成。简单的一句话,好像含着颠扑不破的真理。所以在言谈之间,常被摭引,有时候比古圣先贤的嘉言遗训还更亲切动人。由于时代变迁,曩昔的金言有些未必可以奉为圭臬,有些即使仍在流行,事实上也已近于谬论。如要举例,信手拈来就有下面几条:

树大自直

一个孩子,缺乏家教,或是父母溺爱,很易变成性情乖张,恣肆无礼,稍长也许还会沾染恶习,自甘堕落。常言道:"三岁看小,七岁看老。"悲观的人就要认为这个孩子没有出息,长大了之后大概是败家子或社会上的蠹虫。有些人比较乐观(包括大多数父母在内),却另有想法:"没关系,树大自直。""浪子回头千金不换"的故事不是常有所闻的吗?

树大会不会都能自直,我怀疑。山水画里的树很少是直的,多半是欹里歪斜的,甚或是悬空倒挂的。"抚孤松而盘桓",那孤松不歪不斜便很难去抚。景山上的那棵歪脖树,是天造地设的投缳殉国的装备,至今也没有直起来。当然,山上的巨木神木都是直挺挺地矗立着的,一片片的杉木林全是栋梁之材,也没有一棵是弯曲的。这些树不是长大了才变直,是生来就是直的。堂前栽龙柏,若无木架扶持,早晚会东歪西倒。

浪子回头的事是有的,但是不多,所以一有这种事情发生便被人传诵,算是佳话。浪子而不回头者则滔滔皆是,没有人觉得值得齿及。没出息的孩子变成有出息,我们可举出许多例子,而没出息的孩子一直没出息到底则如恒河沙数。

树要修要剪,要扶要培。孩子也是一样。弯了的树不会自直,放纵坏了的孩子大概也不会自立。西谚有云:"舍不得用板子,便会纵坏了孩子。"约翰孙博士不完全反对体罚,孩子的行为若是不正,在他身上肉厚的地方给几巴掌,他认为最是简捷了当的处理方法。

虱多不痒,债多不愁

晋王猛"扪虱而言,旁若无人",固然是名士风流,无视权势。可是他的大布褂内长满了体虱(有无头虱、阴虱我们不知道),那份奇痒难熬,就是没有多少经验的人也会想象得出。嵇康与山巨源绝交,也自称"性复多虱,把搔无已",作为是不堪"裹以章服揖拜上官"的理由之一。若说虱多不痒，天晓得！虱不生则已，生则繁殖甚速，孵化很快，虱愈多则愈痒，势必非"倩麻姑痒处搔"不可。

对许多人而言，借贷是寻常事。初次向人告贷，也许带有几分忸怩，手心朝上，"口将言而嗫嚅"。既贷到手，久不能偿，心头上不能不感到压力，不愁才怪！债愈多则压力愈大。无辞以对，处境尴尬，设若遇到索债暴徒，则也许有人要说，近有以债养债之说，多方接债额愈大，则借贷愈易，于是由小债而变成大，左右逢源，最后由大债而变成呆账，不了了之。殊不知这种缺德之事也不是人尽能为，必其人长袖善舞而且寡廉鲜耻，随时担着风险，若说他心里坦然，无忧无虑，恐亦不然。又有人说，逋不能偿，则走为上计。昔人有"债台高筑"之说，所谓债台即是逃债之台。如今时代进步，欲逃债可以远走高飞，到异乡作寓公，不必自己高筑债台，何愁之有？殊不知人非情急，谁也不愿效狗急之跳墙。身在外邦，也要藏藏躲躲，见不得人，我猜想他的那种生活也不是一个愁字了得。有虱必痒，债多必愁。

老天爷饿不死瞎家雀儿

有人真相信"天地之大德曰生"，对于一切有情之伦挣扎于濒死边缘好像是视若无睹。人间有无法糊口者，有生而残障者，有遭逢饥谨、旱涝蝗灾，辗转沟壑者。他认为不必着慌，

"船到桥头自然直",冥冥之中似有主宰,到头来大家都有饭吃。即使是一只瞎家雀也不会活生生地饿死。

谁说的!我在寒冷的北方就不止一次看到家雀从檐角坠下,显然的是饥寒交迫而死,不过我没有去验它是否瞎的。我记得哈代有一首诗,题曰《提醒者》,大意是说他在耶诞前夕正在准备过一个快乐的夜晚,忽见窗外寒枝之上落着一只小鸟,冻得直哆嗦,饿得啄食一个硬干果,一下子堕下去像个雪球似的死了。他叹道,我难得刚要快活一阵,你竟来提醒我生活的艰难困苦!这是典型的悲观主义者哈代的一首小诗,他大概不知道我们的那句俗话"老天爷饿不死瞎家雀儿"。麻雀微细不足道,但是看看非洲在旱灾笼罩之下,多少人都成了饿殍,白骨黄沙,惨不忍睹,是人谋不臧,还是天降鞠凶?人在情急的时候,无不呼天抢地,天地会一伸援手吗?有些地方旱魃肆虐,忽然大雨滂沱,大家额手相庆,感谢上苍,没有想到雨水滋润了干土,蝗虫的卵得以在地下孵化,不久就构成了蝗灾。老天爷是何居心?

天生万物,相克相杀,没有地方讲理去,老天爷管不了许多。

好的开始便是成功的一半

这句话是从外语翻译过来的,很多人常把这句话挂在嘴边。未尝不是一句善颂善祷的话,当事人听了觉得很受用。但是再想一下，一个辉煌的开始便是百分之五十成功的保证，天下有这等便宜事？

《诗·大雅·荡》"靡不有初，鲜克有终"是比较平实的说法。我们国人做事擅长的一手是"五分钟热气"，在开始时候激昂慷慨，铺张扬厉，好像是要雷厉风行，但是过不了多久，渐渐一切抛在脑后，虽然口里高唱"贯彻始终"，事实上，常是有始无终。

参加赛跑的人，起步固然要紧，但最后胜利却系于临终的冲刺。最近看我们的一个球队参加国际比赛，开始有板有眼，好一阵子一直领先，但是后继无力，终落惨败，好的开始似乎无关最后的成败。

眼不见为净

老早有人劝我别吃烧饼，说烧饼里常夹有老鼠屎，我不信。后来我好奇，有一天掰开烧饼看看，赫然一粒老鼠屎在焉。"一粒老鼠屎搅乱一锅粥！"从此我有了戒心，不敢常吃烧饼。

偶然吃一次，必先掰开仔细看看。

有人笑我过分小心。他的理论是，我们每天吃的东西种类繁多，焉能——亲自检视，大致不差也就是了，眼不见为净。人的肉眼本来所见有限，好多有毒的或无害的微生物都不是肉眼所能窥察得到的。眼见的未必净，眼不见的也未必不净。他这种说法好有一比，现代司法观念之一是：凡嫌犯之未能证实其为有罪之前，一律假设其为无罪。食物未经化验其为不净，似乎也可以认为它是净的。这种说法很危险，如果轻信眼不见为净，很可能吃下某些东西而受害不浅，重则致命，轻则缠绵病榻伏枕呻吟。

科学方法建设在几项哲学假设上面，其中之一是假设物质乃普遍的一致。抽样检查之可靠性也是假设其全部品质都是一样的。我们除了信赖科学检验之外别无选择。俗语说"过水为净"不失为可行，蔬菜水果之类多洗几遍即可减除其中残留的农药。不过食物不是都可以水洗的。

"眼不见为净"之说固不可盲从，所谓"没脏没净，吃了没病"之说简直是荒谬。

伸手不打笑脸人

笑脸是不常见的。常见的是面皮绷得紧紧的驴脸，可以刮下一层霜的冷脸，好像才吞了农药下去的苦脸，睡眠不足的或是劬劳瘠悴的病脸，再不就是满脸横肉的凶脸。所以我们偶然看见一张笑脸，不由得不心生喜悦。那笑脸也许不是生自内心而自然流露，也许是为了某种需要而强作笑颜。脸不必笑得像一朵花，只要面部肌肉稍为放松，嘴角稍为咧开一点，就会给人以相当的舒适感。我一向相信，笑脸是人际关系中可以通行无阻的安全证。即使人在盛怒之中，摩拳擦掌，但是不会去打一个笑脸人,他下不去手。

最近看了报上一则新闻,开始觉得笑脸并不一定能保障一个人的安全。赔笑脸有时还是免不了挨嘴巴,事属常有,我所见的这条新闻却不寻常。有一位不务正业而专走邪道的青年,有一天踉跄地回家,狼狈地伏在案头,一言不发。老母见状,不禁莞尔。这一笑,不打紧,不知年轻人是误会为讥笑、讪笑,或是冷笑,他上去对准老母胸前就是一拳。老母应拳而倒,一命归西!微微一笑引起致命的一拳。以后下文如何,不得而知。

人到了要伸手打人的时候,笑脸不但不足以御强拳,而且可以招致杀身之祸。但愿这是一条孤证。

吃一行,恨一行

"三百六十行,行行出状元。"这是说职业不分上下,每一行范围之内一个人只要努力,不愁不能出人头地做到顶尖的位置。这也是劝勉人各就岗位奋斗向上,不要一味地"这山望着那山高"。究竟行还是有高低,犹山之有高低,状元与状元不同。西瓜大王不能与钢铁大王比,馄饨大王也不能和煤油大王比。

每一行都有它的艰难困苦,其发展的路常是坎坷多舛的。投身到任何一个行当,只好埋头苦干。有人只看见和尚吃馒头,没看见和尚受戒,遂生羡慕别人之心,以为自己这一行只有苦没有乐,不但自己唉声叹气,恨自己选错了行,还会谆谆告诫他的子弟千万别再做这一行。这叫作"吃一行恨一行"。造出"吃一行恨一行"这句话的人,其用心可能是劝勉大家安分守己,但是这句话也道出了无数人的无可奈何的心情。其实干一行应该爱一行才对。因为没有一行没有乐趣,至少一件工作之完满地完成便是无上乐趣。很多知道敬业的人不但自己满足于他的行当,而且教导他的子弟步武他的踪迹,被人称为"克绍箕裘",其间没有丝毫恨意。

子不嫌母丑,狗不嫌家贫

狗是很聪明的动物,但不太聪明。乞丐挂着一根杖,提着一个钵,沿门求乞,一条瘦狗寸步不离地跟随着他。得到一些残肴剩炙,人与狗分而食之。但是狗不会离开他,不会看到较好的去处便去趋就,所以说狗不算太聪明,虽然它有那么一分义气。

在儿女的眼光里,母亲应该是最美最可爱最可信赖最该受感激的一个人。人有丑的,母亲没有丑的。母亲可以老,但不会丑。从前有一首很流行的儿歌《乌鸦歌》,记得歌词是这样的:

乌鸦乌鸦对我叫,乌鸦真真孝。

乌鸦老了不能飞,对着小鸦啼。

小鸦朝朝打食归，打食归来先喂母。

"母亲从前喂过我！"

这是藉乌鸦反哺来劝孝的歌，但是最后一句"母亲从前喂过我"实在非常动人，没有失去人性的人回想起"母亲从前喂过我"，再听了这句歌词，恐怕没有不心酸的。每个人大概都会为了他的母亲而感觉骄傲，谁会嫌他的母亲丑？

"狗不嫌家贫，子不嫌母丑"，话没有错。不过嫌贫爱富恐怕是人之常情，不嫌家贫这份美誉恐怕要让狗来独享下去。子嫌母丑的例子也不是没有。我就知道有两个例子，无独有偶。有两位受过所谓"高等教育"的人，家里延见宾客，照例有两位衣服破敝的老妇捧茶出来，主人不予介绍，客人也就安然受之，以为那个老妪必是佣妇。久之才从侧面打听出来那老妪乃主人之生母。主人嫌其老丑，有失体面，认为见不得人，使之奉茶，废物利用而已。

狗不嫌家贫，并未言过其实。子不嫌母丑，对越来越多的人有变为谬论的可能。

辑叁

世间百味
随心不逾

《菜根谭》所谓「花看半开,酒饮微醺」的趣味,才是最令人低徊的境界。

包装

该诅咒的我们诅咒，该赞赏的我们不能不赞赏。

佛要金装，人要衣装，货要包装。

我们的国货，在包装方面，常走极端：不是非常的考究精美，便是非常的简陋粗糙。

以文具来说，从前文人日常使用的墨，包装常很出色。除了论斤发售的普通墨之外，稍为好一点的墨或用漆盒，上题金字，或用锦匣，内有层层夹盖，下有铺棉绫垫，真像是"革匦十重，缇巾什袭"的样子，其中固然有些是贡品，但有些也只属于平民馈赠的性质。至于名人字画之类，更是黄绢密裹，置于楠檀的匣柜之中，望之俨然。上选的印泥，所谓十珍印色，也无不有个小小的蓝花白瓷盒，往往再加上一个书函形的小锦盒，十分的乖巧。这些属于文人雅士，难怪包装也自脱俗。从前日常生活所需的货品，不足以语此。

从前包花生米，照例是用报纸；买油条，也照例是用一块纸一裹；甚至买块豆腐，湿漉漉软趴趴的，也是用块报纸一托。废报纸的用处实在太广。记得在北平刑部街月盛斋,我看见一位雍容华贵的中年妇人进去买酱羊肉一大方,新出锅的,滴沥搭拉的,伙计用报纸一包了事,顾客请他多用两张报纸包裹,伙计怫然不悦。顾客说愿付钱买他两张报纸,伙计说"我们不卖报纸",结果不欢而散。酱羊肉就是再好,在包装方面这样不负责,恐怕也要令人裹足不前了。有一种红豆纸,也许比报纸略胜一筹,虽然是暗暗的血红色,摸上去疙瘩噜苏的。这种红豆纸,包盒子菜,卷作圆锥形,也包炸三角肉火烧。再就是草纸,名副其实的草纸,因为有时候上面还沾着好几朵蒲公英的花絮。这种草纸用处可大了,炒栗子、白糖、杂拌儿、鸡鸭蛋,凡是干果子铺杂货店发售的东西,什九都是用草纸包裹。包东西的草纸,用过之后还有用,比厕筹好得多。除了草纸以外,菜叶子也派用场。刚出笼的包子,现宰的猪牛肉,都是用叶子或是什么芋头叶之类的东西包裹。菱角鸡头米什么的当然用荷叶了。

满汉细点,若是买上三五斤的大八件小八件之类送人,他们会给你装一个小木匣,薄木片勉强逗榫,上面有个抽拉而不顺溜的盖子,涂上一层红颜色,但是遮不住没有刨光的木头碴,那样子颇像"狗碰头"似的一具薄棺,状既不雅,捧起来沉甸甸。可是少买一点,打一个蒲包,情形就不同了。蒲包实在很巧妙,朴素但是不俗,早已被淘汰,可是我还很怀念它。蒲是一种水草。《诗经》"其簌维何,维笋及蒲",蒲叶用途多端,如蒲衣、蒲轮、蒲团、蒲鞭。蒲包,则是以蒲叶编织成疏疏的圆形网状,晒干压平待用。用时,在蒲网上铺一大张草纸,再敷一长绵纸,把点心摆在上面,然后像信封似的把蒲网连同草纸四角折起,用麻茎一捆,上面盖上一张红门票,既不压分量,样子也好看,连打糖锣儿的小儿玩物里,都有装小炸食的迷你蒲包儿。不知道现在大家为什么不再用蒲包了。

茶叶是我们内销外销的大宗货,可是包裹实在太差劲了。首先,内销的货不需要写上外国文字,外销的货不可以随便乱写洋泾浜的英文。早先的茶叶罐大部分使用的铅铁筒,并不严丝合缝;有时候又过于严丝合缝,若不是"两膀我有千钧力"还很不容易扭旋开。罐上通常印上一段广告,最后一句照例是:"请尝试之方知余言不谬也。"一般而论,如今的茶叶罐的外表比从前好,但亦好不了多少,不论内销外销几乎一律加上英文字样,而且那英文不时地令人啼笑皆非。有人干脆大书 Best Tea 二字,在品尝之后只能说他是大言不惭。至于色彩,则我们最擅长的大红大绿五颜六色一齐堆了上去,管他调和不调和,刺不刺目,先来个热闹再说。有时候无端地画上一个额大如斗的南极老人,再不就是福禄寿三仙、刘海耍金钱。如果肯画上什么花开富贵、三羊开泰,那就算是近于艺术了。

日本人很善于包装,无论食品用品在包装方面常能给人以清新之感,色彩图案往往是极为淡雅。日本并不以产茶名,但是他们的茶叶包装精巧美观。他们做的点心饼干之类并不味美，但是包装考究。

　　有一位青年才俊海外归来讲学，我问他专攻的是哪一门学问，他说他专门研究的是香蕉的包装——如何使香蕉在运输中不至于腐烂得太快。我问他有何妙法，他说放弃传统的竹篓，改用特制的纸箱。他说得有理，确是一大改进，高明高明。

蚊子与苍蝇

过了一天非人的生活了，到了夜晚想做一件人做的事，睡觉。

我家里人口众多。除了我和我的太太，还有一个娘姨以外，有几千百头的苍蝇，有几千百头的蚊子。苍蝇蚊子和我们很亲近，苍蝇和我们亲近的时候在早晨，蚊子和我们亲近的时候在夜里。所以我们可以很从容地和他们周旋。一缕阳光从窗子射到我的太太的脸上，随后就有一只苍蝇不远千里而来，绕床三匝，不晓得在何处栖止才好。我蜷卧床头，静以待变。只见这只苍蝇飞去飞来，嗡嗡有声，不偏不倚地正正落在我的太太的鼻尖上。太太的上嘴唇翕动了一下，我揣测她的意思，大概是表示她的鼻尖是有感觉的。那只苍蝇也有本领，真禁得起震动，抖抖翅膀，仍然高踞在鼻尖上。假使苍蝇能老老实实在鼻尖上占一席地，我的太太素来是很有度量的，未曾不可以和他相安无事。无奈那只苍蝇，动手动脚地东搔西挠。太太着实不耐烦，只能伸出手来，加以驱除。太太的鼻尖，像有吸力一般，苍蝇飞起来绕了几个圈子，仍然归到原处。如是者数次。假使苍蝇肯换一个地方，太太或者也可以相当地容忍。她忍不住了，把头钻到被里去。苍蝇甚觉没趣，搭讪着又来和我亲近。

物以类聚，一点也不错。苍蝇的合群心恐怕要在我们中国人以上。记得小时候唱过一首《苍蝇歌》，内中的警句是："一个苍蝇嘤嘤嘤，两个苍蝇嗡嗡嗡，一群苍蝇轰轰轰！"苍蝇的音乐，的确是由清悠以渐至于雄壮。当其嘤嘤的时候，我便从梦中醒来，侧耳而听，等到嗡嗡的时候，我便翻过身去，想在较远的地方去听，到了轰轰的时候，我便兴奋得由床上跳起来了。音乐感人之深，不亦伟哉！

过了一天非人的生活了，到了夜晚想做一件人做的事，睡觉。但是，不忙睡，宝贝的蚊子来了。蚊子由来访以至于兴辞，双方的工作不外下列几种：（一）蚊子奏细乐；（二）我挥手致敬；（三）乐止；（四）休息片刻；（五）是我不当心，皮肤碰了蚊子的嘴，奇痛；（六）蚊子奏乐；（七）我挥手送客；（八）我痒；（九）我抓；（十）我还痒；（十一）我还抓；（十二）出血；（十三）我睡着了。睡着以后，双方仍然工作，但稍简单一些，前四段工作一概豁免。清晨醒来，察视一夜工作的痕迹，常常发现腿部作玉蜀黍状，一粒一粒地凸起来。有时候面部略微改变一点形状，例如嘴唇加厚，鼻梁增高。有时工作过度，面部一块白一块红的，作豆沙粽子状。据脑筋灵敏的人说，若做一床帐子，则蚊子与苍蝇自然可以不做入幕之宾，有用的精神也可以不用在与蚊蝇亲近了。但我已和太太商量就绪，在下月发薪以前，无论如何，我们仍然要保持大国民的态度，对蚊蝇决不排斥。

天气

人总是不知足。朔方太冷,好羡慕"暖风熏得游人醉"的景况。炎方太热,又不免兴起"安得赤脚踏层冰"的念头。有些地方既不冷又不热,然而不然,仍然有人抱怨,说这样的天气过于单调,有悖"天有四时"之旨。

熟人相见,不能老是咕嘟着嘴,总得找句话说。说什么好呢?一时无话可说,就说天气吧。"今天好冷啊。""是呀,好冷好冷。"寒来暑往,天道之常,气温升降,冷暖自知,有什么好说的?也许比某些人见面就问"您吃饭啦""您喝茶啦"或是某些染有洋习的人之不分长幼尊卑一律见面就是一声"嗨"要好得多。拿天气作为初步的谈话资料,未尝不可,我们自古以来,行之久矣,即所谓"寒暄",又曰"道炎凉"。

天气也真是怪,变化无常。苦了预报天气的人。我看过一幅漫画,画着一位可怜巴巴的预报天气的人向他的长官呈递辞书。长官问他何故倦勤,他说:"天气不与我合作。"我看了这幅画,很同情他。他以后若是常常报出明天天气"晴,时多云,局部偶阵雨",我不会十分怪他。天有不测风云,教谁预报天气，也是没有太大把握。不过说实话，近年来天气预报，由于技术进步，虽难十拿九稳，大致总算不错。预报正确，没有人喝彩鼓掌，更没有人发报鸣谢。预报离了谱，少不得有人抱怨，甚至大骂。从前根本没有什么天气预报之说，人人撞大运。北方民间迷信，娶妻那天若是天下大雨，硬说是新郎倌小时候骑了狗！古人预测天气，有所谓"月晕而风，础润而雨"之说（见苏洵《辨奸论》）。谁能天天仰观天象而且天上亦未必随时有月。至于础，础润由于湿度高，可能是有雨之兆，但是现代房屋早已没有础可寻了。西方人对于预卜天气也有不少民俗传说。例如：蝙蝠飞进屋，牛不肯上牧场，猫逆向舔毛，猪嘴衔稻草，驴大叫，蛙大鸣……都是天将大雨的征兆。有人利用蟋蟀的叫声，在十五秒内听它叫多少声，再加三十七，就等于那一天的气温（华氏表）。又有人编了四句顺口溜：

> 燕子飞得高，
> 晴天，天气好；
> 燕子飞得低，
> 阴天，要下雨。

西太平洋热带附近和中国海的台风是有名的。元忽必烈汗两度遣兵远征日本，不顾天时地利，都遭遇了台风而全军覆没，日本人幸免于难，乃称之为"神风"。我们知道台风是有季节性的，奈何忽必烈汗计不及此？我初来台湾，耳台风之名，相见恨晚，不过等到台风真个来袭，那排山倒海之势，着实令人心惊。记得有一年遇到一个超级的西北台风，风狂雨骤，四扇落地窗被吹得微微弯曲，有进破之虞，赶快搬运粗重家具将窗顶住，但见雨水自窗隙汩汩渗进，无孔不入，害得我一家彻夜未能阖眼。于是听人劝告，赶制坚厚的桧木柙板，等到柙板做成，没有使用几次，竟无大台风来。我们总算幸运，没有北美洲那样强烈的飓风（即龙卷风），风来像一根巨柱，把整栋的房屋席卷上天！我们的台风来前，向有预报，这恐怕要感谢国际合作，以及卫星帮忙。虽然偶有来势汹汹而过门不入的情事，也乐得凉快一阵喜获甘霖，没得可怨。

　　人总是不知足。不是嫌太热，就是嫌太冷。朔方太冷，冰天雪地，重裘不暖，好羡慕"暖风熏得游人醉"的景况。炎方太热，朱明当令，如堕火宅，又不免兴起"安得赤脚踏层冰"的念头。有些地方既不冷又不热，好像是四季如春，例如我国的昆明便是其中之一，住在这种地方的人应该心满意足没话可说了。然而不然，仍然有人抱怨，说这样的天气过于单调，缺乏春夏秋冬的变化，有悖"天有四时"之旨。好像是一定要一年之中轮流地换着四季衣裳才觉得过瘾。好像是一定要"春有百花秋有月，夏有凉风冬有雪"才算是具有良辰美景赏心乐事。我看天公着实作难，怎样做都难得尽如人意。

　　久晴不雨则旱，旱则禾稻枯焦。久雨不歇则涝，涝则人其为鱼。这就是靠天吃饭的悲哀。天气之捉弄人,恐怕尚不止此。据气象家的预测,如果太阳的热再加百分之三十,地球上的生物将完全消灭。如果减少百分之三十,地球将包裹在一英里厚的冰层内!别慌,这只是预测,短期内大概不会实现。

狗

狗和人一样，有种类的不同，不可一概而论。

我不喜欢狗，也不知是为什么，仔细想起来，大概是不外这几个原因：一、怕狗咬；二、嫌狗脏；三、家里的孩子已经太多。

我到重庆来，租到一间房子，主人豢养着一条狗，不是什么吧儿狗、狼狗、鬈毛狗之类的名种，只是地地道道的一条笨狗，可是主人爱它。我的屋门的外面就是主人的饭厅，同时也就是这条狗的休憩之所。一到"开堂"的时候，桌上桌下同时的要吱吱喳喳地忙碌一阵。主人若是剩下半锅稀饭，就噗的一声往地上一泼，那条狗便伸出缁红长舌头呱唧呱唧地给舔得一干二净。小宝宝若是屙了屎，那条狗也依样办理。所以地上是很光溜的，而主人还省许多事。开堂的时候那条狗若是缺席，还要劳主人依槛而望，有时还要喊着它的大名催请。饭后狗还要在我门外偃卧。所以我推开门，总是要遇到狗。平常倒也彼此相安，但是遇到它正在啃骨头或是心绪欠佳的时候，它便呼得一下子扑上身来，有一次冷不防被它把裤子咬破一个洞，至今这个洞还没有缝起来。以后我出入就更加小心了，杖不离手，手不离杖，采取防御的姿势。狗大概是饱的时候不多，常常狭路相逢，和我冲突。我接受一个朋友的劝告，买了十个铜板的大饼喂它，果然，它摇尾而来，有妥协之意，我把饼都给它吃了。它快吃完，我大踏步走出门口，不料它呼得一下咬住了我的衣襟，我一时也无法摆脱，顿成胶滞状态，幸亏主人出来呵逐，我仅以身免。衣襟上已有两个窟窿！以后我就变更策略，按照军事学家所谓的"进攻是最好的防卫"，又按照标语家所谓的"予打击者以打击"，以后遇到狗便见头打头，见尾打尾。从此我没被狗咬过，然而也很吃力，尤其是在精神上感觉紧张。我的朋友们来访我的，有两位腿上挂了彩。主人非常客气，甚至于感觉有一点不安，在大门外竖起一块牌子，大书"内有恶犬"。

有人说，怕狗咬足以证明你是城里人，不是乡下人。乡下人没有怕狗咬的。这话也对。不过城里不是没有狗。重庆的街道上狗甚多。我常有"不可与同群也"之感。城里的狗比乡下的狗机警，卧在街道中间的少，而且也并不狂吠着追逐汽车。街上的野狗并不轻易咬人，大概是因为它知道它自己是野狗的缘故。不过我总觉得在人的都市里，狗不应该有居住行动的自由权。万一谁得到"恐水症"，在重庆可是没法治！市政当局若是发起捕杀野犬运动，我赞成。

辑叁　世间百味　随心不逾

猎犬、警犬，都是有用的；太太们若是喜欢小吧儿狗，那也是私人的嗜好，并无可议；看门守夜的狗，若是家教严，管理得法，不乱咬人，那也要得。至于笔记小说中所谓"义犬"，那自然更令人肃然起敬，我不敢诽谤。可是××的"走狗"，那就非打倒不可了。狗和人一样，有种类的不同，不可一概而论。你看，英国人不是还时常喜欢自比为"牛头狗"吗？

* 本篇原载于1939年1月25日重庆《中央日报·平明》副刊，署名吴定之。

球赛

人，本有好斗的本能，和其他的动物无殊。

凡是球赛都多少具有一些战斗意味。双方斗智斗力斗技，以期压倒对方，取得胜利。人，本有好斗的本能，和其他的动物无殊。发泄这种本能之最痛快的方法，莫如掀起一场战争。攻城略地，血流漂杵，一将成名万骨枯，代价未免太大。如果把战斗的范围缩小，以一只球作为争夺的对象之象征，而且制订时间，时间一到立刻鸣金收兵，划定规则，犯规即予惩罚不贷，这样一来则好勇斗狠的本能发泄无遗，而好来好散，不伤和气。所以球赛之事，到处盛行。球赛不仅是两队队员在拼个你死我活，还一定包括奇形怪状如中疯魔的啦啦队，以及数以千计万计摇旗呐喊的所谓球迷，是集体的战斗行动。

年轻人戒之在斗，年轻人就是好斗。但是也不限于年轻人。自己不斗，斗鸡、斗蟋蟀、斗鹌鹑也是好的，看赛狗赛马也很过瘾。就是街上狗打架，也会引来一圈人驻足而观。何况两队精挑细选的赳赳壮汉，服装鲜明，代表机关团体，堂堂地进入场地对决?

球赛之事,学校里最盛行。我在小学念书的那几年就常在上体操的时候改为踢足球。一班分为两队。不过一切都很简陋。有球场但是没有粉灰界限,两根竹竿插地就算是球门,皮球要用口吹气,后来才晓得利用脚踏车的气筒。无所谓球鞋,冬天穿的大毛窝最适用。有时候一脚踢出去,皮球和大毛窝齐飞。无所谓制服,其中一队用一条红布缠臂便足资识别。无所谓时限,摇铃下课便是比赛终了。无所谓前锋后卫,除了门守之外大家一窝蜂。一个个累得筋疲力竭汗流浃背,但是觉得有趣。在没有体育课的时候,也会三三五五地聚在一起,找个小橡皮球,随地踢踢也觉得聊胜于无。

我进入清华,局面不同了。想踢球,天天可踢。而且每逢周末,常有校外的球队来赛球,或篮球或足球。校际比赛,非同小可,好像一场球赛的输赢,事关校誉。我是属于一旁呐喊的一群,两只拳头握得紧紧的,直冒冷汗。记得有一次南方来了一支足球劲旅,过去和清华在球上屡次见过高低,这回又来挑衅,旧敌重逢,分外眼红。清华摆出的阵式:前锋五虎,居中是徐仲良、左姚醒黄、右关颂韬、右翼华秀升、左翼小邝(忘其名)、后卫李汝祺、门守陆懋德等。这一场鏖战,清华赢了,结果是星期一全校放假一天,信不信由你,真有这种事。更奇怪的是,事隔约七十年,我还记得,印象之深可想。

篮球赛也是一样的紧张刺激。记得城里某校的球队实力很强,是清华的劲敌，其中有一位特别的刁钻难缠，头额上常裹一条不很干净的毛巾，在乱军之中出出入入，一步也不放松，非达到目的不止，这位骁将我特别欣赏，不知其姓名，只听得他的伙伴喊他作"老魏"。老魏如仍健在，应该是九十岁左右了。

球场里打球，有时候也会添一段余兴作为插曲，于打球之外也打人。球员争球，难免要动肝火，互挥老拳，其他的队员及啦啦队球迷若是激于"团队精神"，一齐进场参战，一场混战就大有可观了。英国人讲究"运动员精神"，公平竞技，而有礼貌，尤其是要输得起，不失君子风度。这理想很高，做起来不易。不要相信英国人个个都是绅士。最近一大群英国球迷在布鲁塞尔球场上大暴动，在球赛尚未开始就挤倒一堵墙，压死好几十意大利球迷。

"君子无所争，必也射乎"，就是射也有一套射礼。"揖让而升，下而饮，其争也君子。"这是孔子说的话（见《礼记》四十四《射义》）。"射求正诸己，己正然后发，发而不中则不怨胜己者，反求诸己而已矣"，如果球赛中，输的一方能"不怨胜己者"，只怪自己技不如人，那么就不会有何纷争，像英国球迷之类的胡闹也永不会发生。我们中国古代有所谓"蹴鞠"，近于今之足球。刘向《别录》："蹴鞠者，传言黄帝所作，或曰起战国时。"《文献通考》："蹴球，盖始于唐。植两修竹，高数丈，络网于上为门以度球。球工分左右朋，以角胜负。岂非蹴鞠之变欤？"《水浒传》里也提到宋朝"高俅那厮，踢得一脚好球"。可见足球我们古已有之，倒是史乘中尚未见过像英国球迷那样滋事的丑态。

据传说李鸿章看了外国人打篮球，对左右说："那么多人抢一只球，累成那样子，何苦！我愿买几个球送给他们，每人一只。"不管这故事是否可靠，我们中国人（至少士大夫阶级）不大好斗，恐怕是真的。可是他还没见到美国足球比赛，他看了会觉得像是置身于蛮貊之乡。比赛前夕照例有激励士气的集会（pep meeting），月黑风高之夜，在旷野燃起一堆烽火，噼噼啪啪地响，球员手牵着手，围绕着熊熊烈火又唱又跳又吼，火光把每个人的脸照得狰狞可怖杀气腾腾。印第安人出战前夕举行的仪式，大概就是这个样子。翌日比赛开始，一个个像是猛虎出柙，一个人抱着球没命地跑，对方的人就没命地追，飞身抱他的大腿，然后好多好多的人赶上去横七竖八地挤成一堆。蚂蚁打仗都比这个有秩序！

书法

尺牍书疏,千里面目也。

《颜氏家训》第四十九:

> 真草书迹,微须留意。江南谚云:"尺牍书疏,千里面目也。"承晋宋余俗,相与事之,故无顿狼狈者。吾幼承门业,加性爱重,所见法书亦多,而玩习功夫颇至,遂不能佳者,良由无分故也。然而此艺不须过精。夫巧者劳而智者忧,常为人所役使,更觉为累。韦仲将遗诫,深有以也。

这一段话很有意思。颜之推教子弟留意书法,但无须过精,这就和他教子弟做官但不可做大官的意思一样,要合乎中庸之道,真不愧为"儒雅为业"的口吻。他说此艺不可过精,理由是怕为人役,他举了韦仲将的往事为戒。韦诞,字仲将,三国魏京人,工文善书,明帝时官侍中,凌云殿成,匠人一时糊涂，榜未题字就挂上去了，乃命诞上去补写。用辘辘引他上去，写完之后须发皆白。大概此人患有"高空恐怖症"，否则不至吓成那个样子。可谓艺高而胆不大。然人为书名所累，其事亦大可哀。

这样尴尬的事，现在不会再有。世人重名，不大懂得书的工拙。而有一些自以为能书者，不知藏拙，遇有机会题肆书匾写市招，辄欣然应命。常在市肆间见擘窠大字，映入眼底，俨然名人墨迹，实则抛筋露骨，拘挛歪斜，如死蛇僵蚓，或是虚泡囊肿，近似墨猪，名副其实地献丑。

或谓毛笔式微，普书者将要绝迹。我不这样悲观。书法本来不是尽人能精的。自古以来，琴棋书画雅人深致，但是卓然成家者能有几人？而且善棋者未必都能琴，善画者未必皆精于书，艺有专长，难于兼擅。当今四五十岁代，书法佳妙者亦尚颇有几位，或"驰驱笔阵"，"其腕似铁"，或大笔如椽，龙舞蛇飞。我都非常喜爱，雅不欲厚古薄今。精于书法者，半由功力，半由天分，不能强致。读书种子不绝，书法即不会中断。此事不能期望于大众，只能由少数天才维持于不坠。我幼时上学，提墨盒，捧砚台，描红模子，写九宫格，临碑帖，写白折子，颇吃了一阵苦头，但是不久，不知怎样的毛笔墨盒砚台都不见了，代之而兴的是墨水钢笔原子笔。本来写书信写稿子都是用毛笔的，一下子改用了钢笔原子笔。在我个人，现在用毛笔写字好像是介乎痛苦与快乐之间的一种活动。偶然拿起毛笔，顿时觉得往事如烟，似曾相识。而摇动笔杆，有如千钧之重，挥毫落纸，全然不听使唤，其笨拙不在"狗熊耍扁担"之下。在故宫博物院，看到名家书法，例如王羲之父子的真迹，如行云流水一般的萧散，"纤纤乎似初月之出天崖，落落乎犹众星之列河汉"，我痴痴地看，呆呆地看，我爱，我恨，我怨，爱古人书法之高妙，恨自己之不成材，怨上天对一般人赋予之吝啬。

虽然书法不是人尽能精，也不定要人人都能用毛笔，最低限度传统写字的方法是应该尊重的。仓颉造字，我们却不能随便以仓颉自居。简体字自古有之，不自今日始，但是简也有简的道理，而且是约定俗成，不是可以任意乱来的。草书有用，并且很美，但是也有一定的草法，章草、狂草都有一定的结构格局。于右任先生提倡的标准草书可谓集大成。书法常能表现一个人的性格风度，郑板桥的字怪，因为他人怪，我们欣赏他的字而不嫌其怪。他的诗、书、画融为一体，三绝其实只是一绝。蒋心余论板桥的几句诗："板桥作字如写兰，波磔奇古形翩翩。板桥写兰如作字，秀叶疏花见奇致。"他写竹也是如同作书。有板桥那样的情怀才能有那样的书画。有人看他写的"难得糊涂"四个大字便刻意模仿，居然把他的怪处模拟得有几分像是真的，这不仅是如东施之效颦，简真是如孙寿的龋齿笑，徒形其丑。孙过庭《书谱》说："初学分布，但求平正，既知平正，务追险绝，既能险绝，复归平正。"书家练过险绝的阶段还是归于平正的。初学的人求其分布平正，已经不易，不必一下手便出怪。我看见有些年轻人写字时常不守规矩，例如把"口"字一律写成为"厶"字，甚至"田"字"国"字也不例外，一律写成为尖头怪胎。颜之推所说"尺牍书疏，千里面目"，像这样的面目直是面目可憎。

照相

美的东西是永久的快乐。

人的眼睛像一部照相机,不,应该说照相机略似人的眼睛。人的眼睛,眨巴眨巴地自动启闭,自动调整焦距,自动缩放光圈,自动分辨色光,一瞬间把眼前景物尽收眼底,而且不需计算暴光时间,不需冲洗,不需晒印,不需更换底片,印象长久保存在脑海里,随时可以在想象中涌现。照相机哪有这样方便?

但是照相机仍是一项了不起的发明。照相术可以把一些景象留在纸上,可以留待回忆,可以广为流传,实在是相当神妙,怪不得早先有人认为照相是洋鬼子的魔术,照相机是剜了死人的眼珠造成的,而且照相机底板上的人的映像是头朝下脚朝天,照一回相就要倒霉一次。

从前照相不是一件小事。谁家里大概都保有几张褪了色的迷迷糊糊的前辈照相,父母的、祖父母的、曾祖父母的。从前的喜神是请画师手绘的,多半是人咽了气之后就请画师来,揭开殓布着着实实地看几眼,把脸上特征牢记于心,回去慢慢细描,八九不离十。有了照相之后,就方便多了,照片上打了方格子,比照投影,照猫画虎,画出来神情毕肖。人老了,总要照几张相。照相之前必定盛装起来,袍衬齐整如见大宾,手里拿着半启的折扇,或是揉着两只铁球。如果夫人合照,则男左女右,各据太师椅一张,正襟危坐,一个是双腿八字开,一个是两脚齐并拢,中间小茶几一个,上置水烟袋、盖碗茶,前面一定有一只高大瓷痰桶,这是照相时必须摆出的标准架势。如果家里人丁旺,祖孙三代济济一堂,一幅合家欢是少不了的,二老坐当中,儿子、媳妇、孙男女按照辈分、年秩分列两旁,或是像兔儿爷摊子似的站在后排。有人忌讳照合家欢,说是照了之后该进祠堂的人可能很快地就进了祠堂;其实不照合家欢,结果也是一样,还是及时照了好。早先照相好像只是照相馆的事。杭州二我轩照的"西湖十景"和"西湖一览"的横幅,有许多人家挂在壁上作为卧游的对象,以为平添了什么"雷峰夕照""三潭印月""花港观鱼""平湖秋月"之类的点缀便增加几分风雅。北平廊房头条的容光照相馆门口,永远有两幅当今显要的全身放大照片,多半是全副戎装,肩头两大撮丝穗,胸前挂满各色勋章。照相馆不仅技术高,能把一幅叱咤风云踌躇满志的神情拍摄出来,而且手脚快,能于一夕之间随着政潮起落更换门前时势英雄的玉照。

  我父执辈有一位蒙古王公,因为雄于资,以照相为消遣,开风气之先。风景人物一齐来。常是背着照相机拎着三脚架奔驰于玉泉山颐和园之间；意犹未足，在家里乘天气晴朗，关起屏门，呼妻唤妾，小院里春光荡漾，一一收入镜头，甚至召来男女演员裸体征逐，拍摄所得细腻处，胜过仇十洲的春宫秘戏。后来这位先生患了丹毒，浑身浮肿，头大如斗，化为一摊脓血而亡，有人说他照相伤了阴德。

我在二十二岁开始玩照相。第一架"柯达克"，长方形厚厚的一个匣子，打开匣子就自动拉出打褶的箱身，软片一搭子十二张，用一张抽一张，虽然简陋，比照相师把头蒙在黑布下装玻璃板要方便多了。后来添置了三脚架、自动计时器，调整好光圈、距离，按下快门之后，三步并做两步地走到前面，咔啦一声，把自己照进去了，好得意。照相而不能自己洗晒，究竟不能十分满足，可是看了人家躲在厕所里遮上窗户用自制的一盏红灯理头冲洗，闷出一头大汗，洗出来未必像样，那份洋罪我不想受。照相机日新月异，看样子永远赶不上潮流，新器材的发明永无终止，谁愿意投资于无底洞，于是我把照相这一桩嗜好刚要形成的时候就戒掉了。如今视力茫茫，两手微颤，想再重拾旧趣亦不可得。若是有人要给我照相，只要不嫌老丑，我是来者不拒，而且不需特别要求，不需请我说一声Squeeze，我会不吝报以微笑。印出来送我一张，多谢盛情，不送也无妨，可能是根本没洗出来。

很多做父母的非常钟爱他们的孩子，孩子尚在襁褓，就要给他照相留念，然后每隔周岁再照一张，说是给孩子生长过程留下一点痕迹，以为他日追忆过去之资，实则是父母满足他们自己钟爱之情。看着自己的骨肉幼苗逐年茁大，自有一种不可言说的快感。孩子长大成人，男婚女嫁，自成一个单位，对于过去并不怎样眷恋，关心的是他的配偶、自己的儿女，感兴趣的是他自己的下一代。我曾亲见一个孩子长大，授室前夕，他的母亲把他从小到大的照片簿交付给他，他说："你留着自己观赏吧，我不想要。"他的母亲好伤心。

  结婚照大概是人人都很珍惜的，尤其是新娘子的照相，事前上装、美容、做发，然后经照相师的左摆布右摆布，非把观礼的亲友等得望穿秋水、神黯心焦不能露面。慢工出细活，结婚照相当然是俊俏美观，当事人看了扬扬得意，乐不可支，必定要彩色放大，供在案头、悬在壁上——"美的东西是永久的快乐"。乐还要与别人分享，才能大乐特乐，于是加印多张，到处投赠，希望别人惠存留念。但是据我所知，凡是以结婚照片赠人者，那些美丽的照片之短期内的归宿大概是——字纸篓。

衣裳

我们几曾看见过看家的狗咬过衣裳楚楚的客人?

莎士比亚有一句名言:"衣裳常常显示人品。"又有一句:"如果我们沉默不语,我们的衣裳与体态也会泄露我们过去的经历。"可是我不记得是谁了,他曾说过更彻底的话:我们平常以为英雄豪杰之士,其仪表堂堂确是与众不同,其实,那多半是衣裳装扮起来的,我们在画像中见到的华盛顿和拿破仑,固然是奕奕赫赫,但如果我们在澡堂里遇见二公,赤条条一丝不挂,我们会有异样的感觉,会感觉得脱光了大家全是一样。这话虽然有点玩世不恭,确有至理。

中国旧式士子出而问世必须具备四个条件:一团和气,两句歪诗,三斤黄酒,四季衣裳。可见衣裳是要紧的。我的一位朋友,人品很高,就是衣裳"普罗"一些,曾随着一伙人在上海最华贵的饭店里开了一个房间,后来走出饭店,便再也不得进去,司阍的巡捕不准他进去,理由是此处不施舍。无论怎样解释也不得要领,结果是巡捕引他从后门进去,穿过厨房,到账房内去理论。这不能怪那巡捕,我们几曾看见过看家的狗咬过衣裳楚楚的客人？

衣裳穿得合适，煞费周章，所以内政部礼俗司虽然绘定了各种服装的式样，也并不曾推行，幸而没有推行！自从我们剪了小辫儿以来，衣裳就没有了体制，绝对自由，中西合璧的服装也不算违警，这时候若再推行"国装"，只是于错杂纷歧之中更加重些纷扰罢了。

李鸿章出使外国的时候，袍褂顶戴。我虽无爱于清朝章制，但对于他的不穿西装，确实是很佩服的。可是西装的势力毕竟太大了，到如今理发匠都是穿西装的居多。我忆起了二十年前我穿西装的一幕。那时候西装还是一件比较新奇的事物，总觉得有点"机械化"，其构成必相当复杂。一班几十人要出洋，于是西装逼人而来。试穿之日，适值严冬，或缺皮带，或无领结，或衬衣未备，或外套未成，但零件虽然不齐，吉期不可延误，所以一阵骚动，胡乱穿起，有的宽衣博带如稻草人，有的细腰窄袖如马戏丑，大体是赤着身体穿一层薄薄的西装裤，冻得涕泗交流，双膝打战，那时的情景足当得起"沐猴而冠"四个字。当然后来技术渐渐精进，有的把裤脚管烫得笔直，视如第二生命，有的在衣袋里插一块和领结花色相同的手绢，俨然是一个绅士，猛然一看，国籍都要发生问题。

西装是有一定的标准的。譬如，做裤子的材料要厚，可是我看见过有人在光天化日之下穿夏布西装裤，光线透穿，真是骇人！衣服的颜色要朴素沉重，可是我见过著名自诩讲究穿衣裳的男子们，他们穿的是色彩刺目的宽格大条的材料，颜色惊人的衬衣，如火如荼的领结，那样子只有在外国杂耍场的台上才偶然看得见！大概西装破烂，固然不雅，但若崭新而俗恶则更不可当。所谓洋场恶少，其气味最下。

中国的四季衣裳，恐怕要比西装更麻烦些。固然西装讲究起来也是不得了的。历史上著名的一例，詹姆斯第一的朋友白金翰爵士有衣服一千六百二十五套。普通人有十套八套的就算很好了。中装比较的花样要多些，虽然终年一两件长袍也能度日。中装有一件好处，舒适。中装像是变形虫，没有一定的形式，随着穿的人身体变。不像西装。肩膊上不用填麻布使你冒充宽肩膀，脖子上不用戴枷系索，裤子里面有的是"生存空间"，而且冷暖平均，不像西装咽喉下面一块只是一层薄衬衣，容易着凉，裤子两边插手袋处却又厚至三层，特别郁热！中国长袍还有一点妙处，马彬和先生（英国人入我国籍）曾为文论之。他说这钟形长袍是没有差别的，平等的，一律地遮掩了贫富贤愚。马先生自己就是穿一件蓝长袍，他简直崇拜长袍。据他看，长袍不势利，没有阶级性，可是在中国，长袍同志也自成阶级，虽然四川有些抬轿的也穿长抱。中装固然比较随便，但亦不可太随便，例如脖子底下的钮扣，在西装可以不扣，长袍便非扣不可，否则便不合于"新生活"。再例如即便在蚊虫甚多的地方，裤脚管亦不可放进袜筒里去，做绍兴师爷状。

男女服装之最大不同处，便是男装之遮盖身体无微不至，仅仅露出一张脸和两只手可以吸取日光紫外线，女装的趋势，则求遮盖愈少愈好。现在所谓旗袍，实际上只是大坎肩，因为两臂已经齐根划出。两腿尽管细直如竹筷，扭曲如松根，也往往一双双的摆在外面。袖不蔽肘，赤足裸腿，从前在某处都曾悬为厉禁，在某一种意义上，我们并不惋惜。还有一点可以指出，男子的衣服，经若干年的演化，已达到一个固定的阶段，式样色彩大概是千篇一律的了，某一种人一定穿某一种衣服，身体丑也好，美也好，总是要罩上那么一套。女子的衣裳则颇多个人的差异，仍保留大量的装饰的动机，其间大有自由创造的余地。既是创造，便有失败，也有成功。成功者便是把身体的优点表彰出来，把劣点遮盖起来；失败者便是把劣点显示出来，优点根本没有。我每次从街上走回来，就感觉我们除了优生学外，还缺乏妇女服装杂志。不要以为妇女服装是琐细小事，法朗士说得好："如果我死后还能在无数出版书籍当中有所选择，你想我将选什么呢？……在这未来的群籍之中我不想选小说，亦不选历史，历史若有兴味亦无非小说。我的朋友，我仅要选一本时装杂志，看我死后一世纪中妇女如何装束。妇女装束之能告诉我未来的人文，胜过于一切哲学家、小说家、预言家及学者。"

　　衣裳是文化中很灿烂的一部分。所以裸体运动除了在必要的时候之外（如洗澡等等），我总不大赞成。

铜像

"孔子曰，凡非本店顾客，请勿在此停车。"

有人提议在某处山头给孔老夫子建立一座铜像，要高要大，至少在五丈以上，需一亿圆左右的铜，否则配不上这位"德侔天地，道冠古今"的伟大人物。还有人出花招，铜像中空，既省料，兼可设梯于其中，缘梯而上，可以登高瞩远。又有人说话了："不行。这样大的铜像，要遮住附近好几个人家的阳光。""不行！那一带常有酸雨，铜像不久就要被腐蚀。"议论纷纷。

孔子生于周灵王二十一年，西历纪元前五五一年，距今二千五百多年，后裔递嬗至今第七十七代，受到历代君王士庶的敬礼。曲阜孔林占地二平方公里，衍圣公府拥有房屋四百六十余间，孔子墓碑有"大成至圣文宣王墓"几个篆字，但是不曾听说在什么地方有孔子铜像。孔子画像我们辗转约略看到的也只有晋顾恺之所绘的像和唐吴道子所绘的像而已。据说曲阜孔庙大成殿原来奉孔子塑像，早不复存，无可考。

记得我小时候,宣统年间,初上一家私立小学,开学之日,提调莅临,率领一群员生在庭院中对着至圣先师的牌位行三跪九叩礼,起来之后拍拍膝头的尘土,这就是开学典礼了。孔子是什么模样,毫无所知,为什么要给他三跪九叩我也不大明白,现在我们见到的孔德成先生,方面大耳,仪表堂堂(最近减食显得清癯一些),也许可以想见他七十七代远祖当年"温而厉,威而不猛,恭而安"的风度。虽未见过孔子铜像,但是隐隐然在我心中却有一个可敬的印象。如果有人给他塑一个像,是否与我心中印象相合,我不敢说。

民初兴起过一阵子孔教会的活动,我的学校里一方面有基督教青年会,有查经班,另一方面就有孔教会。我参加了孔教会的阵营,当时的活动限于办刊物,举行演讲。为工友及贫民儿童开补习班。五四以后,怀疑之风盛起,对于"孔教"的信仰不免动摇,不久孔教会缺乏支援也就烟消火灭了。奇怪的是,从来没人想起为孔子立个铜像,甚至于连一个木质的牌位也没有设立。也许幸亏大家不曾到处为孔子立铜像,否则后来"土法炼钢"那一浩劫未必能逃得过。

孔子不是没有幽默感的人。《孔子家语》:

> 孔子适郑,与弟子相失,独立东郭门外,郑人或谓子贡曰:"东门外有一人焉,其长九尺有六寸,河目隆颡,其头似尧;其颈似皋繇,其肩似子产,

然自腰已下不及禹者三寸，累然如丧家之狗。"子贡以告，孔子欣然而叹曰："形状未也。如丧家之狗，然乎哉，然乎哉。"

这一段记载非常传神。孔子是大高个子，长脸。和弟子们走失了路，独立东郭门外，忧形于色，果然如丧家之狗。"丧家狗"如今是骂人的话，可是孔子听了欣然而叹说："对极了，对极了。"我们如今要是为孔子立铜像，当然只要那副九尺六寸的魁梧身躯，岸然道貌，不会让他带有几分生于乱世道不得行的忧时的气象。

美国西雅图的大学附近有一家日本杂货店，卖稻米、豆腐、瓷器，以及台湾制的蒸笼屉等，后门外有一小块空地作停车场，壁上用英文大书："孔子曰：'凡非本店顾客，请勿在此停车。'"这位日本老板很有风趣，虽然是开玩笑，但没有恶意，没有侮辱圣人之意。我们从他的这场玩笑可以看出若是把孔子当作一个偶像看待，那是多么令人发噱的事。给孔子建五丈多高的铜像，纯然出于敬意，但也近于偶像崇拜，如果征求孔子同意，我想他必期期以为不可。

辑肆

温润岁月
执着善良

有些事情,是是非非,原无须等待历史来证明的。

画梅小记

一张素纸，由我笔墨驰骤，我感到了"自由"。

余北人，从没有见过梅树，所谓"暗香疏影""水边篱落"，全是些想象中的境界。过年前后，亲朋馈赠，常有四盆红梅，或是腊梅之类，移植在瓷盆里面，放在客厅里作为陈设，看它瘦曲似铁，又如鹭立空汀，冻萼数点，散缀其间，颇饶风趣。但是花谢之后便无可观，自己不善调护，弃置一年之后，即使幸而不死，也甚少生机，偶尔于近根处抽出一两枝气条，生出三五朵细僵的花苞，反觉败兴。所以对梅花并无多少好感。

后来我读了龚定庵的《病梅馆记》，乃大为感动。这篇古文使我了解什么叫作"自然之美"，什么叫作"自由"。我后来之所以对于"自由"发生强烈的爱慕，对于束缚"自由"的力量怀着甚深的憎恨，大半是受了此文之赐。但是附带着我对于梅花感到兴趣了。盆梅不足以餍我之望，病梅更是令人难过，我憧憬着的乃是瘐岭邓尉。我想看看"江边一树垂垂发"

是什么样子。

我遨游江南、巴楚之后,有机会看见了梅兄的本色,有带藓苔的丑干老枝,有繁花如簇的香雪海,有的红如口脂,有的白若傅粉,有的是瘦骨稜磳地斜欹着,有的是杈枒盘空如晴雪塞门,形形色色,各极其妍。但其最足令人妙赏处,乃在一"冷"字。凌厉风霜,不与百花争艳,自有一种孤高幽独的气息。

我不善画,但如《芥之园》之类童时亦曾披阅,"攒三""聚四"之类亦曾依样葫芦。羁旅无聊,寒窗呵冻,辄为梅兄写真。水墨勾勒,不假丹青,只图抒写胸中逸气,根本谈不到工拙。金冬心《画梅题记》有云:

> 四月浴佛日清斋毕,在无忧林中,画此遣兴,胜与猫儿、狗子盘桓也。

"心出家庵僧",实在朴直得可爱。我每次乘兴画梅,亦正做如此想耳。有一回,我效陆凯、范晔故事画了一枝梅,题上"江南无所有,聊赠一枝春"之句寄赠友好。复信云:"如此梅花,吾家之犬,亦优为之!"是终不免与猫儿狗子为伍,为之大笑。

一张素纸,由我笔墨驰骤,我感到了"自由"。怎样把枝子画得扶疏掩映,怎样把疏密浓淡画得错落有致,怎样把花朵勾得向背得宜，当然是大费周章，但是在这过程中我意识到了"创造"的酸辛。有人说，画梅花要把那一股芬芳都要画出来才算是尽了画梅的能事，这种说法可就不免玄虚了。华山一泉画墨梅题云：

  一枝常占百花先，信手挥来淡更妍。
  独有清香描不到，几回探在玉堂前。

  要想描出梅花的清香，我觉得实在太难了。我只求能写出梅花的孤高，不要臃肿，不要俗艳，就算是不唐突梅花了。时在严冬，大风凛冽，遥想江南梅树，不知着花也未？

  *本篇原载于1947年12月14日天津《益世报·星期小品》第二十二期，署名绿鸽。

与莎翁绝交之后

我认识的中国人都是唐宋诗人,早已作古,我去看谁?

我于一九六七、六八年译完《莎士比亚全集》,先后出版,共四十册,当时吐了一口大气,真是如释重负。这个重负压在我肩上历三十年之久。其间由于客观环境以及自身的疏懒,有许多许多空档交了白卷,但是三十年间这个负担对我的压力则未曾一日或减。一旦甩掉了包袱,当时心情之愉快可想。一时忘形,私下里自言自语地说:"莎士比亚先生,我从此将要和你绝交了!""绝交"一语也许下得太重了一些。时间相差四百多年,空间相距十万八千里,彼此风马牛不相及,往日无冤,近日无仇,是我自动地找上他的门来,不自量力,硬要把他的全集译成中文,幸喜没有版权问题,所以也未征求他的同意。翻译过程之中,我也得到不少乐趣,即使译笔拙劣,或恐有误解原文之处,他也默不作声。所以我对莎翁只有感谢抱歉,怎好说出"绝交"二字?何况我根本不敢谬托知己?不过我确实也有抱怨,怨他的写作数量实在太多,精彩的作品固然层出不绝，早年的作品（尤其是与人合作的那一部分），并不怎样令人击赏。而译者没有权利挑肥拣瘦任意割裂，必须一视同仁地依样葫芦。因此之故，为了他，我的三十年光阴就在埋头苦干中度过去了。我这一生还有别的事情要做，还有别的东西要写，不能不冷落他一下，也许就真的从此断绝关系。久已想写一篇《与莎士比亚绝交书》，详述我心中的感触。病懒，一直没有秉笔。

我没有到过欧洲，不曾参观过莎氏故乡。不是没有前去游览的机会，只因时局的关系一再地未能如愿。尝引英文亚瑟·魏莱的话为我自己解嘲。魏莱译了不少的中国诗，但是他毕生不曾一履中土。有人问他为何不命驾东游，他回答说："我认识的中国人都是唐宋诗人，早已作古，我去看谁？"可是朋友们都为我抱屈，几乎一致地认为我没有不去瞻仰莎氏故乡的理由。

朋友中到过斯特拉福镇的享烈街莎氏出生地的人，于欣赏那座于一八五七年大事整修过的木造房屋之际，遥想一五六四年四月（大概是二十三日）梨花苹果花正在盛开，诗人莎士比亚诞生了。他们也登时想起了我，他们临去时总要买一些导游小册及图片之类的纪念品给我。他们到了少特莱镇访问莎氏夫人安·哈塔威的农舍，看到满园的花树姹紫嫣红开遍，看到起居室内那一具粗木制的鸳鸯椅，他们不禁想到莎氏当年和哈塔威小姐坐在一起喁喁谈情说爱的情况，他们就说："梁某某真应该来看看。"

有一位访问了莎氏"新居",那是莎氏于一五九七年花了六十镑买到的寓所,比出生地旧居漂亮多了,为那时候当地第二幢豪华房屋。可惜屋前一棵大桑树据说是莎翁手植,于一七五八年被砍伐掉了。我的朋友买了一个小小的木雕莎翁半身像送我。据说就是用那棵大桑树的木料雕成的,是真是假无从对证。

又有一位凭吊莎翁墓于圣三一教堂,看到墙上有莎翁的半身石像,是涂了颜色的(古罗马石像很多是涂颜色的),像下面便是莎翁墓,一块不大起眼的石碣平铺在地面上,上面没有死者的生卒年月,只有四行并不怎样高明的诗,然而一代大诗人就是长眠于此。这位朋友悲哀不忍去,最后买了一张由教堂司事签名证明的墓碣拓片送我。这样的拓片我已积有两张。

此外诸如阿汶河上的风景,莎翁母亲家的寓所,莎氏纪念堂、剧院,伦敦南岸当年的几个剧院的遗址所在,对我都不是陌生的。虽然我未亲临其地,但是在我心目中都有明显的印象,因为承朋友们的好意,这些年来时常地供应我有关莎氏的资料。甚至有些不相识的人,自称"读者"(大概是指中译本的读者吧?)也从海外寄我图片,例如从丹麦寄来的爱尔新诺古堡图片(《哈姆雷特》一剧的背景)。又有人自意大利寄来的罗密欧、朱丽叶谈情的那个阳台的图片。这些大大小小的颁赠都有助于我的见闻,使我无须亲自跋涉,省却不少草鞋钱。

自从决计与莎翁绝交,对上述种种的纪念品就不复感觉兴趣,只好束之高阁。甚至我长期订阅的《莎士比亚季刊》也停止续订了,《莎士比亚年刊》我也不复阅读。每年戏剧季节,英国、加拿大和美国的某些都市都有莎剧上演,宣传品不断寄来,我只能略为翻阅而已。未尝不想去看,但已无余勇可贾。不过已有三十年的纠葛,要说一刀两断也不是容易事。何况有些朋友不大了然我的心情,偶尔仍以有关莎氏的问题询及刍荛,我也不能不重拾旧好再与周旋。例如"倍根学说",那是老掉牙的问题,固然不值一提,但是也有较新、较为具体的一些研究,未便一笔抹煞。例如一位美国学者霍夫曼从一九三六年起就在心中萌长一项猜疑,以为莎士比亚乃一位演员而已,其作品则恐怕是出于玛娄之笔。他花了十八年的功夫"上穷碧落下黄泉"不断地奔走研究,他想在文字方面用简单统计方法企图证明莎氏与玛娄实为一人,但是种种内证均不足以服人。最后他想到非举有力的外证不可,他认定莎氏作品的原稿一定是藏在当时特务头子华兴安爵士的墓里,因为华兴安是玛娄的上司。于是奔走求情,上下关说,意欲打开坟墓一窥究竟。挖掘坟墓非同小可,他竟能层层打通,但终为当地牧师否决,功亏一篑。霍夫曼欲解之谜仍然是一个谜以至于今。有人问我对此事有何评论。我的看法是:莎氏作品与玛娄作品俱在,作风迥异,不可能是一个人。剧本在当时不是文学"作品",不可能被人重视到拿去殉葬。霍夫曼枉费精神。

辑肆　温润岁月　执着善良

我所看见的最新的一篇莎氏研究论文是美国斯丹佛大学生物统计研究所一九八六年四月发表的一篇专门报告（列为第一百一十一号），题目是《莎氏是否写过新近发现的一首诗？》，作者是吉斯台德与艾夫龙。有人复印了一份给我，并且问我的意见。论文提要如下：

> 一九八五年十一月里牛津大学图书馆中发现了一首七节的诗，是前所未见的，被认为是莎士比亚作品。这首诗真是莎士比亚写的吗？兹以艾夫龙与吉斯台德在一九七六年讨论过的"非参数的经验的贝叶斯模型"对此诗用字方式之一贯性与莎士比亚真实作品用字方式之一贯性作一比较研究。例如，此诗有九个单独不同的字，是在以前莎氏作品中从未出现过的，而按照贝叶斯模型预测，在这样短的一首诗里其期望值为六点九七。为了更加了解此一模式之限制，我们也考虑了章孙、玛娄、邓约翰的诗，以及四首确属莎氏作品的诗。总而言之，此诗相当合理地与莎氏以前的写作惯例相符合，故可据以相信此诗确为莎氏所写。

论者使用的统计方法精致而客观，可以说是很科学的。案：在莎氏研究中使用统计方法已有相当长久的历史。

一七七八年马龙首先提出了"诗行测验法（Verse test）"，重点在计算诗行用韵以及联行在全部作品中之比例，其目的在于确定莎氏作品之写作年代，亦即我们所谓的"系年"。此后莎氏全集之编纂者几无不采用"诗行测验法"。虽然各家测验的结果并不完全一致的精确，但统计方法之值得使用是不容置疑的。

此一论文之检讨的对象是此诗之字汇，其目的在于"辨伪"。作者计算莎氏全部作品共八十八万四千六百四十七个字，在这八十八万多字之中各别不同的字有三万一千五百三十四个。一九八五年十一月十四日美国学者泰勒在牛津图书馆发现的这首诗很短，共仅四百二十九个字，其中各别不同的字有二百五十八个，在这二百五十八个字当中，有九个字是莎氏作品中所未见过的新字，例如admiration一字在莎氏作品中出现过十四次，但是从未以复数形式出现过，所以admirations算是一个新字。另有七个字出现过一次，五个出现过二次……该论文只考虑出现过九十九次或不及九十九次的字。根据这些统计数字，细加分析，因而得到此诗并非赝品的结论。

我最初读到这首新发现的诗，凭直觉的主观的品味，以其内容之浅陋，不似大诗人之手笔。继而比较莎氏早年所作之诗歌，尤其是《凤凰与斑鸠》《热烈的情人》《杂调情歌》等篇，我想此一新发现的诗也许可以归入"少作"之列。再者，诗与歌本来可以有别。歌侧重唱的效果，行要短，韵要繁，要有声调铿锵之致，凡是流行歌曲无不如是。如今有统计的证明其非伪，我们也可以承认这是莎氏早年所作的一首情歌吧。

　　莎翁全集卷帙浩繁，已经够我们研究的了，再加上一首歌，又有何妨？

"岂有文章惊海内"
——答丘彦明女士问

平反也者,是为冤狱翻案,是为误判纠正,当然是好事。不过我实际上并未入狱,也未奉到判决书。有些事情,是是非非,原无须等待历史来证明的。

"岂有文章惊海内,漫劳车马驻江干"是杜工部的名句,也是他谦己之语。当时杜公四十九岁,自嗟老病。我今年逾八旬,引杜诗为题以自况,乃系实情,并非谦执。丘彦明女士惠然来访,我如闻跫音。出示二十二问,直欲使我之鄙陋无所遁形。秉笔觊缕,不能成章,惭愧惭愧。

丘:梁教授,您曾经跟我提过,当您从美国留学返国时,令尊遗憾地说:"若我们是富有人家,我一定让你关在家里再读十年书,然后再出去做事。"好像,北平有名的"厚德福饭庄"是您们家的产业之一。能否谈谈您的家世?

梁:我没有什么辉煌的"家世"可谈。

辑肆　温润岁月　执着善良

我的远祖在河北（直隶）沙河一带务农。我的祖父到了北京谋生，后来得到机会宦游广东，于是家道小康。返棹北归，路过杭州小住，因家父入学应考，遂落籍钱塘。从此我的籍贯一直是浙江钱塘。事实上我是前清光绪二十八年（民国前十年）夏历十二月八日生于北京。民国四年（一九一五年）我小学毕业，投考清华学校，清华是由各省摊派庚子赔款而设立的，所以学生由各省考送。为了籍贯的关系，我在直隶省京兆大兴县署（北京东城属大兴县）申请入籍，以便合法地就近在天津应考，从此我的籍贯就是北平了。我的母亲是杭州人。

老家在北京东城根老君堂。祖父自南方归来，才买下内务部街二十号的房子。那时不叫内务部街，叫勾栏胡同，不知道为什么取这样的一个地名（勾栏本是厅院的意思，元以后妓院亦称勾栏）。这是一幢不大不小的房子，有正院、前院、后院、左右跨院，共有房屋三十几间，算是北平的标准小康之家的住宅。"天棚鱼缸石榴树"都应有尽有了。我曾写了一篇《疲马恋旧秣，羁禽思故栖》，是怀念我的这个旧居之作。这篇文字被喜乐先生看见了，他也是老北京，很感兴趣，根据我的描写以及他对北平式房屋构造的认识，画了一幅我的旧居图送给我。他花了好多天的功夫，用了七十多小时，才完成这一幅他所最擅长的界画，和我所想念的旧居实际情形可以说是八九不离十，只是画得太漂亮了一些。现在的内务部街二十号不是这个样了。

我的女儿文蔷曾到北京探亲，想要顺便巡视我的旧居，经过若干周折，获准前去一视。大门犹在，面貌全非。鱼缸仍在，石榴海棠丁香则俱已无存，唯后跨院屋中一个"隔扇心"还有我题的几个字。她匆匆地照了不少张相片。她带回了一样东西给我，我保存至今——从旧居院中一棵枣树上摘下来的一个枣子，还带着好几个叶子，长途携来仍是青绿，并未褪色，浸在水中数日之后才渐渐干萎。这个枣子现在虽然只是一个普通干皱的红枣的样子，却是我唯一的和我故居之物质上的联系。

我的家不是富有之家，只是略有恒产，衣食无缺。北平厚德福饭庄不是我家产业，在此不妨略加解释。我父亲是厚德福的老主顾，和厚德福的掌柜陈莲堂先生自然地有了友谊。陈莲堂开封人，不但手艺好，而且为人正直；只是旧式商人重于保守，不事扩张，厚德福乃长久局限在小巷中狭隘的局面。家父力劝扩展，莲堂先生心为之动，适城南游艺园方在筹设，家父代为奔走接洽，厚德福分号乃在游艺园中成立，生意鼎盛。从此家父借箸代筹，陆续在沈阳、哈尔滨、青岛、西安、上海、香港等地设立连锁分店，家父与我亦分别小量投资几处成为股东。经过两次动乱，一切经营尽付流水，这就是我家和厚德福关系之始末。

辑肆　温润岁月　执着善良

本来我家属于中产阶级，民元❶袁世凯嗾使曹锟部下兵变，大肆劫掠平津，我家亦遭荼毒，从此家道中落。我自留学归来，立即就职于国立东南大学，我父亲不胜感慨，他以为我该闭户读书，然后再出而问世。知子莫若父，知己也莫若自己。父母的训道与身教，使我知道勤俭二字为立身处世之道，终身不敢逾。

丘：您还说过小时候您很顽皮，惹了祸总是哥哥受罚，而您逃过了处罚，请说说您的童年。

梁：我的童年生活，只模糊地记得一些事。

北平有一童谣：

小小子儿，

坐门墩儿，

哭哭啼啼地想媳妇儿。

娶了媳妇儿干什么呀？

点灯，说话儿；

吹灯，做伴儿；

早晨起来梳小辫儿。

梳小辫儿是一天中第一件大事。我是在民国元年才把小辫

---

❶　即民国元年（1912年）。

儿剪了去。那时候我的辫子已有一尺多长，睡一夜觉，辫子往往就松散了，辫子不梳好是不准出屋门的。所以早起急于梳辫子，而母亲忙，匆匆地给我梳，梳得紧，揪得头皮痛。我非常厌恶这根猪尾巴。父亲读《扬州十日记》《大义觉迷录》之类的书，常把满军入关之后"留头不留发，留发不留头"的故事讲给我们听，我们对于辫子益发没有好感。革命后把辫子一刀两断，十分快意。那时候北平的新式理发馆只有东总布胡同西口路北一处，座椅两张。我第一次到那里剪发，连揪带剪，相当痛，而且头发渣顺着脖子掉下去。

民国以前，我的家是纯粹旧式的。孩子不是一家之主，是受气包儿。家规很严。门房、下房，根本不许涉足其间。爷爷奶奶住的上房，无事也不准进去，父亲的书房也是禁地，佛堂更不用说。所以孩子们活动的空间有限。室内游戏以在炕上攀登被窝垛为主，再不就是用窗帘布挂在几张桌前做成小屋状，钻进去坐着，彼此做客互访为乐。玩具是有的，不外乎从"打糖锣儿的"担子上买来的泥巴制的小蜡签儿之类，从隆福寺买来的小"空竹"算是上品了。

我记得儿时的服装，最简单不过。夏天似乎永远是竹布一身裤褂，白布是禁忌。冬天自然是大棉袄小棉袄，穿得滚圆臃肿。鞋子袜子都是自家做的，自古以来不就是以"青鞋布袜"作为高人雅士的标识吗？我们在童时就有了那样的打扮。进了清华之后，才斗胆自主写信到天津邮购了一双白帆布鞋，才买了洋袜子穿。暑假把一双双的布袜子原样带回家,被母亲发现,才停止了布袜的供应。布鞋、毛窝,一直在脚上穿着,皮鞋是很久以后的事了。

小孩子哪有不馋的?早晨烧饼油条或是三角馒头,然后一顿面一顿饭,三餐无缺,要想吃零食不大容易。门口零食小贩是不许照顾的,有时候偷着吃"果子干""玻璃粉"或是买串糖葫芦,被发现便不免要挨骂。所以我出去到大鹁鸽市进陶氏学堂的时候,看见卖浆米藕的小贩,驻足而观,几乎馋死,豁出两天不吃烧饼油条,积了两个铜板才得买了一小碟吃。我的一个弟弟想吃肉,有一天情不自已地问出一句使母亲心酸的话:"妈,小炸丸子卖多少钱一碟?"

革命以后,情况不同了。我的家庭也起了革命。我们可以穿白布衫裤,可以随时在院子里拍皮球、放风筝、耍金箍棒,可以逛隆福寺吃"驴打滚儿""爱窝窝"。父亲也带我们挤厂甸。

念字号儿,描红模子,读商务出版的"人手足刀尺,一人二手,开门见山,山高月小,水落石出……"这一套启蒙教育,都是在炕桌上,在母亲的苕帚疙瘩的威吓下顺利进行的。我们没受过体罚。我比较顽皮淘气,可是也没挨过打。我爱发问,我读过"一老人,入市中,买鱼两尾,步行回家"之后,曾经发问:"为什么买鱼两尾就不许他回家?"

父亲给我们订了一份商务的《儿童画报》,卷末有一栏绘一空白轮廓,要小读者运用想象力在其中填画一件彩色的实物。寄了去如果中选有奖。我得了好几次奖,大概我是属于"小时了了"那一类型。上房后炕的炕案上有一箱装订成册的《吴友如画宝》,虽然说明文字未必能看得懂,画中大意往往能体会到一大部分,帮助我了解社会人生不浅。性的知识,我便是在八九岁时从吴友如几期画报中领悟到的。

这就是我童年生活的大概。

丘:能否谈谈您的求学经过?林徽因的丈夫——梁启超的儿子梁思成,是您清华同学,好像同宿同寝室是不是?作家冰心和她的先生是您留学美国的同学。请您除了告诉我们求学经过之外,能不能告诉我们影响您最深的一些师长和同学,或是交往情形。

梁:我求学经过很顺利。在清华学校一住就是八年。进去的时候是十四岁的孩子,舍不得离开家,临去时母亲哭了,我也惨然。离开清华赴美留学的时候,我已是二十二岁的少年,舍不得离开我所爱的人和我所爱的国家,但还是踏上了征途。我的行李箱里装的是一部前四史(这是我父亲坚持要我带的,要我三年之内读毕,我交了白卷),两只珐琅花瓶一个珐琅香炉,及一些杂物,包括一面长达几近一丈的绸质大国旗(五色旗)。这国旗派上了用场,纽约留学生举行孙中山先生哀悼会时,主席罗隆基借用了我这面国旗悬在台上。在美国很难找到这样大的国旗。我在清华八年的生活,具见《清华八年》一文,收在《秋室杂忆》里。

你提起的梁思成、吴文藻(冰心的先生)是我同班的同学。我这一班起初约九十人,毕业时只剩约六七十人。梁思成不是我同寝室的,寝室每年一换,我最后一年同寝室的是顾毓秀、吴景超、王化成。吴文藻是我同班同学,他的夫人谢冰心是燕大毕业的,和我们同船去了美国,所以成了相识。

我这一班同学人数众多,至今我还忆得十之八九。例如:做过葡萄牙公使的王化成,出使土耳其、巴西的李迪俊,曾任主计长的吴大钧,改良稻种有成的李先闻,擅长声乐的应尚能,专攻电影的孙瑜,研究天文的张钰哲,精通语言学的李方桂,杰出的陆军将领孙立人,建筑学者的梁思成,社会学家的吴景超与吴文藻,兴办水泥事业的徐宗涑,电机学家的顾毓秀,路透社经理的赵敏恒等。

求学期间影响我最大的,首先是小学的教师周香如先生,他给我打下国文的基础,随后是清华的徐镜澄先生,他教我如何作文。哈佛大学的白璧德教授,使我从青春的浪漫转到严肃的古典,一部分由于他的学识精湛,一部分由于他精通梵典与儒家经籍,融合中西思潮而成为新人文主义,使我衷心赞仰。胡适之先生,长我十一岁,虽未及门,实同私淑,他提倡白话为文,倡导自由思想,对我有很大的启迪的作用。

同学之间,闻一多对我影响很大。他学美术,本来专攻西洋油画,后来他发现国人在油画方面无法与西人颉颃,乃抛弃画笔，钻研中国古典文学，早年作白话诗至是亦为之搁笔。他有文才，重情感，讲义气。在清华时，课余之暇，辄相与论文，我对文学的兴趣有很大部分是他激发出来的。抗战前数年，我常作政论刊于报端，一多曾认我为不务正业，甘与罗隆基为伍，迨抗战军兴，一多竟卷入政治漩涡，与罗隆基合流而终不免于意外之灾。他给我画过两张画，一张是水彩画《荷花池畔》，画的是清华园内的胜景，于我有纪念性。另一张是油画的我的半身像，当时他正醉心于印象派的理论，不但把我画成粗眉大眼，而且把我的怒发画成为绿色，活像夜叉。这两张画可惜都失落了。他给我刻过一个闲章——"谈言微中"——白文，也不见了。他的第一部诗集《红烛》是由我交给郭沫若转给泰东出版的。

另一位同学影响我甚巨的是潘光旦。他比我高一级，但是在纽约往还了足足一年。他和吴文藻合住哥伦比亚大学黎文斯通大厦里的一间宿舍，我常去找他聊天。他学的是优生学，以改良人种为第一要义。遗传最重要，他举出我国的大书法家以及著名的伶人，大抵是历代相传的世家，其关键在于婚姻的选择。因此他最钦佩丹麦，管制婚姻最为彻底，让优秀的人多生子女，让庸劣的大众少生子女，种族才得健全。这样的想法，和我正在倾倒于卡赖尔的英雄崇拜的倾向正相符合。我对于所谓"普罗"的看法似乎找到了理论的根据。光旦对于中国的学问也有根柢。他说"民为贵"的思想创自孟子，孔子不曾说过这样的话，孔子的理想是贵族政治。他又指出，海外华侨是我们的优秀分子，逃难出关的山东老乡也是优秀分子，历史上南渡的客家也是优秀分子，因为他们有魄力远走高飞开拓新局。他对于谱牒之学深感兴趣。我听他的议论久了，不自觉地深受他的影响，反映在我的文学观上。

丘：能否谈谈《新月》以及《新月》的一批朋友？至今《新月》已归入为现代中国文学史研究的一部分，如今回顾，您觉得《新月》在现代文学史上的意义和功过如何？

梁：《新月》月刊创于民国十七年（一九二八年）三月十日，维持到二十二年（一九三三年）六月，共出版了四十三期，时间不算长也不算短。最初的发起人应是徐志摩。民国十六七年，国内战乱频仍，各地不少人士聚集在上海租界。胡适、徐志摩、丁西林等来自北平，余上沅和我来自南京，潘光旦、刘英士、饶子离等原在上海。这些人聚在一起，经志摩的热心奔走，遂组成了《新月》。我们这一群人都不是属于"资产阶级"的人，当时由大家认股，大股一百元，小股五十元，凑足近五千元，"新月书店"就在望平街开张了，后来迁至四马路。我是属于较为贫穷的一类，只认股五十元。我们从来没开过股东会，月刊的编辑出版事实上是由志摩主其事，精神上大家都默认胡适之先生为领导人。有人说我们是"新月派"，其实我们并无组织规程，亦无活动计划，更无所谓会员会籍，只是一小群穷"教书匠"业余之暇编印一个刊物而已。我们没有政治色彩,我们都是强烈的个人自由主义者。

《新月》全部四十三期现有翻印本行世,在海外流行的版本是完整的,在台湾流行的则有部分删节,现闻亦已绝版。想查看这些历史陈迹的人,在图书馆里应该可以不难找到。我曾于一个时期主编过《新月》,也曾有一段时间同时兼任书店的经理,讲到"《新月》在历史上的意义和功过",似应由别人客观估计,我不便置喙,不过我自己回顾既往,觉得《新月》所做的事可得而言者约有下列数端:

第一是思想自由的提倡。胡适先生的几篇涉及政治思想的文章以及像《名教》那样的作品,都是树立了自由批评的典范。《人权论集》内各篇文字是先生在《新月》发表过的。我记得胡先生有一篇颇触时忌,业已在发排中,胡先生的老友中国公学校董丁鷇音先生闻讯跑到我家坚持要撤出手稿,我坚持不允,我告以除了胡先生本人以外,没有人有权力扼杀此文的发表。当然丁先生也是好意,不过我们看法不同。结果是这一期的《新月》被禁,只能在上海租界流通(租界之存在是我们国家的耻辱,在租界里享受言论自由其事亦至可悲)。

就文艺而论,《新月》走的是正常的文艺发展的道路。凡是文学都与人生有关,没有人生还谈什么文学?不过人生范围很广,除了政治经济等要素之外还有别的美好的境界。《新月》没有偏执,没有"为艺术而艺术"的倾向。

谈文学,重要的是作品。《新月》刊载的作品,没有震世骇俗的新鲜花样。散文以明白清楚为基本要求，进而求其雅健丰赡，但不主所谓欧化；诗则在继续摸索，企求形式的建立。论者常谓《新月》的新诗代表一派或一阶段。当然，像"我不要儿子，儿子自己来了"，或"早起第一件大事是如厕"那样的白话诗早已过去，不过新诗的形式依然尚未形成，直到如今依然没有建立。徐志摩、闻一多的诗，据我看，那种模式尚不能算是成功，可是如今有些作品模仿西洋诗尤其所谓"现代诗"，则颇令人难以捉摸了。依我的愚见，新诗必须与旧诗搭上线才能有发展。

《新月》的人物现已凋零几尽，胡适先生逝世已二十五年，徐志摩逝世已五十二年，闻一多逝世已四十一年。像这三位，以及其他诸人，在我的眼光里都是一时胜流，而今成了历史人物。

丘：您编过《新月》月刊，也主编过重庆《中央日报》副刊。一个是文艺杂志，一个是报纸副刊，您的编辑方针及内容走向有什么分别？而与今日的文学杂志与报纸副刊比较，能不能叙述一下您的经验与感触？

梁：我有过一点编辑经验。我编过《清华周刊》《大江季刊》，上海《时事新报》的《青光》，天津《益世报》的《星期小品》，北平的《自由评论》，北平《世界日报》的《文艺副刊》，重庆《中央日报》副刊，以及《新月》月刊。都不甚长久，无善可述。从前的编辑大概都是唱独脚戏，稿件收集好便交给印刷的领班，顶多口头交代几句，或是画一个简单的版面图，有时候连校对都不必管，校样也无须看。如今时代进步，有些报纸副刊编辑部动辄有十人八人分工合作，情况完全不同了。

但有一事我想历来编辑莫不引以为苦，好稿不易得。何为好稿，固由编者主观衡量，然亦自有能邀公认的标准在。在数量上，稿件似不虞缺乏，在品质上，能膺上选者不多，于是主编的人有时就需要"拉稿"。拉稿比拉夫难，许其中甘苦，当过编辑的人都知道的。

比拉稿更苦的是把拉来的稿再退去。我有一次主编一个学术刊物，我有向同僚们请求写稿的业务。有一位素来脾气大，动不动就大发雷霆，平日大家都远避之，没想到他居然写了一篇稿来，从任何一方面讲也不能用。我窘，但是我有了决定。约他来面谈，径告所以，当面璧还其大作。我准备面临一个火爆的场面。不料他一言未发，铁青了面孔，拿起稿件掉头而去，走到门口转身说了一句："谢谢指教！"至今我觉得歉然，但对他颇有敬意。

丘：您曾花了三十年时间翻译《莎士比亚全集》四十册。您究竟从何时开始翻译工作？一开始翻译工作就是译莎氏作品？您觉得翻译最重要的注意点是什么？您译莎氏作品有没有遇到困难？如何解决？是什么力量支持您持之以恒地译毕莎氏作品？

梁：又是莎士比亚！我已声明和他绝交了。

我花了三十年的功夫译他，是断断续续的，中间隔了两场丧乱，东奔西走，席不暇暖。到了台湾之后，生活比较安定，才得努力进行以竟全功。在翻译莎氏之前我已经译了几本书，像最近重印的《阿伯拉与哀绿绮思的情书》《潘彼得》《织工马南传》皆是。还有一本《西塞罗文录》是从拉丁文翻译的。这时期我翻译没有标准和计划，只是拣自己喜欢的东西译。幸而胡适之先生提议翻译莎氏全集，使我有了翻译的方向，又偶因当初计议合力翻译的徐志摩、闻一多、叶公超、陈西滢四位临阵退出，遂使全集翻译的工作落在我一人头上。

我翻译中首要注意之事是忠于原文，虽不能逐字翻译，至少尽可能逐句翻译，绝不删略原文如某些时人之所为。同时还尽可能保留莎氏的标点。莎氏标点法自成体系，为了适应舞台对话之需要，略异于普通标点法。这一点我不知道读者们体会到没有。开始翻译时，我本想译文不加注解而能使读者明了。译了几本之后胡适先生要求我加注解，我就补加了。所以最初译的四五本注解较少，以后越加越多，前后并不一致。译本加注并非难事，莎剧原文的版本很多都是有注解的，注得很详尽，像《新集注本》尤其丰富。有许多注解都是关涉到原文之版本考证，并不一定有助于读者对于译本的了解。所以我加注解是有选择的，并不以多取胜。但是已有人指我的译本是学院式的了。

翻译过程中当然遭遇困难不少。在国内参考资料难求。困居四川的时候，听说《新集注本》的《亨利四世》下篇出版，我急于取得一读，适有两位亲友先后获得到美国去的机会，我乃千请求万嘱咐地托他代购此书，想不到二公归来送给我好多好多洋货，而无一语道及买书之事，使我嗒然若失！

译事中的困难真是一言难尽。要译，先要懂原文。莎氏的文字是十六世纪的，不是现代的英文，这就要随时提高警觉，否则就要坠入陷阱，译得似是而非。有人说："最好的翻译就是读起来不像翻译。"这是外行话，翻译，怎能读起来不像翻译？试看唐朝几位大师翻译的佛经，像不像是翻译？我知道，莎氏戏剧是为在台上演出而编写的，其文字是雅俗共赏的，时而雅驯，时而粗野，译成中文也需要适如其分。而中英文差别如此之大，句法字法常常迥不相同，如何才能译得近于铢两悉称，只好说是"戏法人人会变"了。

莎氏剧中多双关语，是属文字游戏，没有多少意义，而当时莎氏观众偏爱此道。这在翻译上也是一个难题，偶然可以勉强用中文表达，但绝大多数只能在注解中加以说明。莎氏观众也颇欣赏猥亵语，我们中国剧院观众也有同好，本来"性"是人人都感兴味的事。我遇到这种地方，照直翻译，我要保持莎氏原貌。

莎氏作品卷帙浩繁，给人困惑，且三十七部戏并非全是杰作，译者须有耐性。我之所以能竟全功，盖得三个力量的支持：第一是胡适之先生的倡导。他说俟全部译完他将为我举行盛大酒会以为庆祝。可惜的是译未完而先生遽归道山。第二是我父亲的期许。抗战胜利后我回北平，有一天父亲拄着拐杖走到我的书房，问我莎剧译成多少，我很惭愧这八年中缴了白卷，父亲勉励我说："无论如何要译完它。"我闻命，不敢忘。最后但非最小的支持来自我的故妻程季淑，若非她四十多年和我安贫守素，我不可能顺利完成此一工作。

我自己是个疏懒的人，嬉戏浪费的时间太多。我一直想译伊利奥特的小说全集，未能如愿，至今引以为憾。

丘：您曾说翻译最难是诗，其次是散文，再者是小说，而后是戏剧，请详述之。

梁：翻译不是容易事，因为两种文字（尤其是像中文与西文这样不同的文字）文法不同，句法不同，字法不同，而要译得既不失原意，又能琅琅上口，岂不是很难？

译诗最难。因为诗的文字最精练，经过千锤百炼，几度推敲，要确切，要典雅，又要含蓄，又要有韵致，又要有节奏，又要有形式，条件实在太多。美国现代诗人保罗·安格耳先生（聂华苓的先生）有一次对我说："翻译诗而要保存原诗的韵脚，乃人类自杀原因之一。"盖极形容译者之困窘。然这只是就韵脚一端而言。像米尔顿的《失乐园》，原是无韵诗的体裁，他是故意避去韵语体裁而不用的，因为长篇史诗不宜于用韵脚。而无韵诗这个体裁之成立则正是源于《荷马史诗》之英译。米尔顿的史诗虽无韵而很难译。傅东华先生译的半部《失乐园》，舍无韵体而不用，偏偏用近似鼓词的体裁，真是自讨苦吃！而且也失掉了原诗的风味。诗之难译的程度视原诗本身的成色而定。像《古舟子咏》(应作《老水手之歌》)、《疯汉骑马歌》之类属于歌谣体，文字本来浅显通俗，译起来当然得心应手，一如辜鸿铭之所表现。可惜辜先生没有译些比较更严谨而艰深的英文诗作。

中国诗之译成英文者亦不在少，阿瑟魏莱先生是其中翘楚。他的译品，无论是七言、五言、古诗、近体，一律是英文散文，虽然分行写，仍然是散文，不能保持原文的形式，至于能保持几分原诗的韵味，就更难说。如能大致不失原意就算是相当成功。魏莱的译作如此，其他译家亦无不皆然。中诗译英文，比英诗译中文，更难。

翻译散文应该是较易，但亦不能一概而论。米尔顿的散文，我曾试译，一看那些纠缠的长句，就望而生畏。就是号称"亲切"的兰姆《伊利亚随笔》，那份引经据典如数家珍的文笔，也颇令人难于应付。和诗一样，散文也有不同的成色。

译小说戏剧，问题较少。因为小说本是为大众看的，文字当然比较通俗易解，戏剧是为在台上演出，听众杂遝，戏词全为对话，自然要明白清楚。不过要译得精致，也大费周章。

丘：您还说过，翻译书名是最头痛的事，为什么？

梁：译书名，须先读其书，然后才能知道书名的意义，否则望文生义，可能导致极大的错误。例如一部小说，以其中的一个人名作为书名，这原是常有的事，如果译者不察，硬把人名当作了普通名词，岂非笑话？

莎士比亚的《朱利阿斯·西撒》，译音便是，不知从何时起有人译为《凯撒大帝》。在英美舞台上，在课室里，从来没有人把"西撒"读作"凯撒"的。在历史上，也从来没有人称西撒为"大帝"的。这样的译法，以讹传讹，流传至今。英诗人科律芝的名诗 *Ancient Mariner* 经辜鸿铭先生译为《古舟子咏》，迄无人提出异议，殊不知 ancient 一字本有二义，一为古，一为老。mariner 一字本是海上水手之义，不是一叶扁舟上划桨摇橹的船夫。我以为译作《老水手之歌》较洽。不过我也承认，"古舟子咏"四字比较雅些。

翻译中令人头痛的事不仅是书名。英文中的 brother, sister, cousin, uncle 等字涵义不一，译来颇费斟酌。我就犯过错误，误把拜伦乱伦通奸的同父异母之姊当作其妹，经人指点改正。莎氏历史剧中王室人物关系错综，非勤查谱系即难免有误。翻译一道，谈何容易！

丘：您曾告诉我，您有一个习惯，读书就是读第一流的书。所以英文您选择了莎士比亚，中文您选择了杜诗。您有一本仇兆鳌的《杜诗详注》跟了您五十年，都翻烂了。而当年您也曾花了两年多时间在北平收集了六十多种版本的杜诗。为什么如此偏爱杜诗？能否谈一谈？

梁：我想大家都会同意，喝茶要喝好茶，饮酒要饮好酒，为什么读书不读第一流的作品呢？我不喜凑热闹赶时髦，对所谓畅销书或什么世界性的文艺奖不太感兴趣。其中固多佳构，有时亦不免败笔。西洋批评家"试金石学说"还是可行的，以五十年为期，经过五十年时间淘汰而仍不失其阅读价值者斯为佳作。文学史上有好作品被埋没，经过若干年始被发现的例子，究竟是少数，绝大多数作品都被时间淘汰掉了。"非秦汉以上书不敢读"未免陈义过高，读长久被公认为第一流的作品，总是最稳当的事。

我译莎翁剧，不是由于我的选择，是由于胡适之先生的倡导正合于我读第一流书的主张，我才接受了这个挑战。至于研读杜甫则是我自己的选择。

最初我看到闻一多写的《杜甫传》（发表于《新月》，未完），后又看到他写的《杜少陵诗会笺》（发表于武汉大学《文史季刊》），我对杜诗乃发生了兴趣。我心想杜甫号称"诗圣"，"屈指诗人，工部全美，笔追清风，心夺造化"（韩愈语）。我们喜欢诗的人若是不对杜工部加以钻研，岂非探龙颔而遗骊珠？所以我早就萌生读杜的心愿。真正开始是在抗战胜利之后。民国二十五年（一九三六年）五月二十五日游北平东安市场，在书摊廉价购得仇兆鳌著《杜少陵集详注》，是商务国学基本丛书本，虽然纸张粗劣校雠未精，较早先之木刻远逊，但有标点，取携便利，随我身边已有五十年。

我收集杜诗版本并不算多，在北平收集旧书相当方便，琉璃厂和隆福寺街的旧书铺老板对目录学是很精的，知我好杜诗，便不断地将书送来。同时我购到洪煨莲教授主编的《杜诗引得》（哈佛燕京学社出版），内有长序一篇，按图索骥给我帮助不少。但限于赀力，不能从心所欲。犹忆海王村有一书肆，我偶然看到一部麻沙本杜诗，索价并不甚昂，但非穷书生所能措置，往复摩挲不能释手。店主允减价出售，我仍无能为力，最后应店主之请作一跋文粘于卷末，聊志因缘。闻北京大学的徐祖正教授搜求杜诗资料达二三百种，戎马倥偬，未暇拜观，至今引以为憾。

杜诗一千三百四十九首，我圈点了一遍。其中难解之处不少。历代注解，率多在"无一字无来历"说法影响之下，致力于说明某字某词见于何书，对于诗句之意义常不措意。仇注、钱注、朱注、九家注、千家注，莫不皆然。我认为这是一大缺点。中国字词只有这么多，诗人使用字词与古人雷同，未必即是依傍古人。纵然是依傍古人，庸又何伤？指出其雷同之处，又有何益。我读杜诗，初步重在理解。曾写《读杜记疑》一文（见《梁实秋札记》），后又加若干条，提出难解之处就正于方家。此后仍将继续发表我的疑点。

丘：您的《十三经注疏》是在厕所里读的，而《资治通鉴》您全加了圈点批注。能否谈谈您的读书方法，供年轻的朋友参考？

梁：初到台湾，旧书不易得，向友人借到一部石印《十三经注疏》，置于厕内，虽云不敬，但逐日流览，稍得大意，亦获益不浅。厥后对于经书始知仔细阅读。在厕内看书，在枕上看书，是我的毛病，积习难除，不足为训。

读经是一件很重要的事。凡属知识分子，无论专研哪一门学问，必须对经书有相当认识，因为这是中国文化传统之最基本的部分。五四以后，有些人蔑视经书，亦有些人提倡复古，主张读经，皆非事理之平。十三经是儒家的经典，自汉代始，包括《诗》《书》《易》《礼》《春秋》（是为五经），唐代以《周礼》《礼记》《仪礼》《春秋》三传，与《诗》《书》《易》合称为九经，唐刻石经加入《孝经》《尔雅》《论语》，宋代又加入《孟子》，是为十三经。所谓经，只是一套古书，并不是什么圣人垂教立言的经典。章学诚说"六经皆史"，不失为一个通达的看法。经不可不读，但是我们要抱着批评的态度去读。

很多人对着经书望而生畏，不是震于其文字之艰深，便是苦无闲暇去阅读。《朱子语类》有云："凡人谓以多事废读书，或曰气质不如人者，皆是不责志而已。若有志时，那问他事多？那问他气质不美？"人不读书，只是懒而已矣。人而懒，则不可救药。若说古书难读，是亦不然。诘屈聱牙莫过于《尚书》，《尚书》的注解历代不绝，如今更有今注今译的本子，大致均可通晓。皓首穷经，非一般人之所能，略通经书大意则并非难事。

除经以外，史亦不可不读。人皆以前四史为最重要，据我看前四史的文章好，"世家""列传"部分的文章最好。以言史，恐怕还是读通史较有益。编年体的《资治通鉴》是比较好的一部史书，我曾圈点了一遍。此外子书亦不可不读，尤其是《老子》《庄子》道家一派，因为道家思想支配我们的民族性的养成，其影响力之大似不在儒家思想之下。佛教经典也不可不加涉猎，因为那是外来而加以中国化的一派哲学思想之依据，也是形成我们民族性的要素之一。一个道地的中国人大概就是儒道释三教合流的产品。

讲到读书方法，我没有什么心得。只觉得读书要早，切莫拖延。不凑热闹，不赶时髦，不浪费宝贵光阴。旧时读古书用圈点法，是鞭策自己用功，不失为一种方法。

丘：您经过五四时代，那是个中西文化冲突影响后来中国新文学发展的时代。您自己是读古书成长，后来到国外受西方思潮影响，回国来看到新文学白话文的发展至今天的变化。对于古文、白话文的阅读与运用，能否提出您的意见？

梁：我不是"读古书成长"的。我是读教科书成长的，到了三十岁左右之后才发奋读古书，下手太晚，根基不固，现在最多也只落得一知半解的地步。

中国语文是几千年来一脉相传的。随时有变化，有时且有很大的变化，但是万变不离其宗，中国字总是中国字，中国文总是中国文。除非废掉汉字，改用拼音，中国文字总会保持其基本的形式。白话文运动的兴起是很自然的,其来源有自,至五四而始蓬勃,其主旨是正确的,其作用在于拉近语言与文字之距离。

白话文是一笼统名词,其中也有类别、等级、成色之分。最普通的白话文就是"口里怎么说,笔下就怎么写"的那种文字,一般报纸上的报道文章这样写,就是文学作品中也有不少是很近于"语体"的,尤其是小说,尤其是方言小说。这种白话文,读起来省力,有时候也别有风味,但是一般而论不够精致,不够雅健,有时候嫌太啰唆。这种文字,其弊在于有白话而无文。现在似乎有不少人已有了解,白话归白话,文归文,要写精致一点的"白话文"须要借鉴"文言文",从中学习中国文字之传统的技巧。如果一个人不能写出相当通顺的文言文,他大概也不会写出好的白话文。

文白夹杂,很多人引以为病。其实这是自然发展。白话文运动初期,排斥文言文,以为文言是死文字,视用典为游戏,这种热狂是可以理解的,现在热狂消歇,文言文的好处又渐为人所赏识。文言文的词藻用典未尝不可融化在白话文里。我们谈话本来也应该求其文雅简练,何况写成为文字?所以我看文白夹杂不足为病,只要不是饾饤成篇故炫渊博。

中文而欧化,是值得研讨的问题。西文句中多子句,形容词子句或副词子句等,按照中文文法,子句并不明显地标示,若是按照西文的文法而亦标明其为子句,或是将子句纳入主句之中，则冗长累赘，往往不能令人卒读。不高明的翻译（如硬译）助长这种欧化的趋势。

新字或新词有时有使用的必要，但是也要审慎。太俚俗的固不足取。浮滥的新名词往往徒乱人意。常见有些文字，满纸"架构""取向""层次""认同""落实""回馈"……我感觉不像是纯正的中文，像是翻译。

丘：作为一位散文家，散文得益于什么？在写散文中您的乐趣是什么？劝人把散文写好，应注意些什么？

梁：我在学校读英文的修辞学，老师教我如何作文。有了题目，想想说什么，分成几个段落，每一节须有一个主题句，据以做成一个大纲，然后开始写。这方法虽稍嫌呆板，然于整理思路控制格局确有效益。无论是议论文、叙事文、描写文、抒情文，照这方法去写，必定大致不差。这方法可以应用于中文的写作。我以后作文，虽未必墨守这个成规，但从不率尔操觚。昔人所谓"腹稿"，事实上还是先有一番精思。

苏东坡有几句话，颇为大家所艳称。他说："（作文）如行云流水，初无定质，但常行于所当行，常止于不可不止，文理自然，姿态横生。"才人高致，非常人所能企及。徐志摩为文，尝自谓"如跑野马"，属于"下笔不能自休"一类，虽然才情横溢，究非文章正格。

我在学校上国文课，老师教我们读古文，大部分选自《古文观止》《古文释义》，讲解之后要我们背诵默写。这教学法好像很笨，但无形中使我们认识了中文文法的要义，体会了撼词练句的奥妙。他也偶然选一篇报纸上的社论要我们看，告诉我们白话文也有高明之作。有一阵子每星期或每两星期，我们要缴一篇作文，有一位老师改国文卷的方式最特别，他很少改笔，他大幅度地删削，大涂大抹，把千把字的文章缩成百把字的短文，他说这叫作"割爱"。我悟出了一点道理，作文要少说废话。短的文章未必好，坏的文章一定长。

丘：在所有文学创作的文类之中，为什么您选择了散文这个文类？能不能谈谈您对年轻一代散文作家作品的看法？

梁：我写散文，不是有意选择。我最初尝试的创作是新诗，年轻人情感炽盛，所谓多愁善感是人所难免的。写诗是最顺理成章的抒情方式。那时正值白话诗盛行，白话就可以成诗，方便不过。写一首白话情诗，寄给意中人，是无与伦比的心理满足。但是读了一些中外的诗篇之后，渐渐觉得诗不能专靠一股情感，还要有思想、有意境、有技巧。诗有别才，勉强不得。于是我到了适当的时候就不再写诗，不写诗就只好写散文，别无选择。

小说与戏剧皆吾所好，二者均需要一种"构造美"（architectonic beauty），我自己知道，如果有所创作，我或可努力试作点的深入，或线的延长，但是缺乏立体建筑的力量，因此对此二类型未敢轻易尝试。因此我只好写散文，虽然写好散文亦非易事。我写了几十年，仍然难得写好。

年轻一代散文作家辈出,有些位特别杰出,或叙事状物逸趣横生,或写身边琐事温馨细腻,或委婉多讽谈言微中,或清新隽永娓娓动人,或剖析哲理发人深省,或语涉玄妙富有禅机……各极其妍,不胜列举。总之,现在年轻一代,比起上一代,或更上一代,都有进步。

丘:您花了七年的时间写作《英国文学史》。为什么选择写作《英国文学史》?在写前您做些什么样的准备?写作中遇到过困难吗?如何解决?

梁:我六十五岁时依法退休,结束我四十年教书的生涯,回顾过去实在没有成绩可说,只有一些笔记讲稿乱七八糟一大堆,都是有关英国文学方面的。有心加以整理,一时腾不出工夫,因为我正忙着译莎士比亚。全集译完出版,了却一桩大事,立即着手整理旧稿,决计编写一部《英国文学史》,作为我四十年教书的纪念,并未存心"嘉惠后学"。编写中遭鼓盆之痛,所受打击甚大,工作为之暂停。寻思解忧之道莫善于努力工作,乃集中力量于此书之编写,前后耗时七载有余,卒于一九七九年完成,一九八五年出版。迟迟出版的原因是篇幅太多(文学史一千九百二十九页,文学选二千六百二十三页,共四千五百五十二页),不易觅得适当的出版者,最后得林挺生先生之助交由协志工业丛书出版公司出版。

写作中的困难不一而足。英国文学史虽然只有八九百年,但内容十分丰富,通常分为三大段:古英文时期、中古英文时期、近代英文时期。这是以文字性质来区分的。我对古英文所知甚少，不能不借助于现代英文的翻译，因此古英文时期的文学在我编的文学史里所占篇幅很少。多少年来我怀着一个希望，盼能鸠合一班同事分别担任一个时代的文学之研究并讲授，进一步合力编写一部英国文学史，但是均未成功。我独力担任此一工作，实非得已。

史以人物为主，人以作品为主。而引录作品不能占据篇幅过多以致妨碍正文，故决定另编一部《英国文学选》作为姊妹篇，供读者参考。长篇巨制无法容纳，有些篇章且难于多译，更有许多作品应译而未译，实为缺憾。

文学史写到十九世纪末，文学选离适可而止的地步尚远，然而我已筋疲力竭。

丘：您为远东图书公司编了一本英汉字典，直到现在学生们仍使用。当时为什么会编这样一本字典？能否谈谈编英汉字典的甘苦？

梁：编字典是苦事，其中也有乐趣，但不多，代价太大。是真正的"稻粱谋"，英文所谓grub street❶。有一些事，有能的人不肯做，无能的人做不好。编字典大概属于此类。从一九四九年起，到如今近四十年，我一直摆脱不了字典的纠缠。有人说，这是"燃烧自己，照亮他人"的工作，究竟真能

---

❶ 潦倒文人。源自17世纪伦敦居住着很多穷困作家的格拉布街。

辑肆　温润岁月　执着善良

照亮了多少人我不知道（字典销行的数量是商业的机密），自己却是烧得焦头烂额了。时间耗去太多，目力受损不少。

开始编字典是于一九四九年给世界书局的《四用字典》做一补编。是我从来没尝试过的工作，还觉得蛮新鲜有趣的，一切摸索着进行，因为要求的范围不大，半年就竣事了，参加工作者连我一共三人。稿子交出之后，就像卖出去的货物，至今尚未见到增补的《四用字典》是什么样子。

一九五三年夏远东图书公司邀约编一中学适用的英汉字典，这是我正式主编一部字典的开始。连我自己在内一共五人通力合作，于十个月内完成。虽内容甚简，仅收单字一万有奇，但是从中获得经验。厥后不断从事扩充，《最新实用英汉字典》由收字四万左右，增至八万，再增至十六万余，一九七一年完稿，一九七五年出版，我艰苦的主编工作至此告一段落。主编的责任包括策划，邀聘合作人员，逐月开会检讨，汇集参考资料，审阅初稿增改内容，最后校阅全部清样。清样有两千四百多页，全是密密麻麻的小字。

主编字典的人好像还要负责"售后服务"责任。读者在字典里找不到他所要找的字，要来信质问、批评、建议。任何字典都不能包罗万象巨细靡遗。但是凡有指教，能接受者无不接受，而且专函奉复。一般的字典广告喜欢夸大其词，动辄曰收入新字最多。吸收新字固然要紧，然而谈何容易。理想中的出版业者应该有个健全的编辑部，如果出版字典，便该有人专门经常负责收集资料，资料是要从各种出版物中觅取的，不是临时现抓的。我们的出版业者现在似尚不足以语此。出版事业是文化事业，现在似嫌商业性质太浓而文化气味太薄。字典的出版家注意的是销路，编辑人追求者是内容的不断精进，其间有一点距离。

我主编了英汉辞典之后，又编有《汉英辞典》及《英文成语辞典》，由于体力的关系此后不能继续在这方面努力了。

丘：您年轻时可以一次吃十二个馒头，或是一次三大碗炸酱面。您写了本《雅舍谈吃》，近年您因为糖尿，吃受了限制，能否谈谈您心中"吃的文化"？

梁：在清华高等科四年级时，上第四堂课便常饿得腹内雷鸣，要用双手按着胃部以免扰人。一下课奔到饭厅，曾经一口气吃十二个馒头，很松软的馒头。好羡慕长颈鹿，食物慢慢地从颈部咽下去一定很舒服。如今休提当年勇，廉颇不复能健饭矣。

填饱肚子是一件事，品味又是一件事。有钱，有闲，固然讲究吃，各地方的平民父老也尽多知味的人。我们中国幅员大，各地口味不同，此中国烹饪之所以为伟大。我常涉足的餐馆，几乎都是一窝蜂地加味精，加糖，加太白粉。够标准的醋溜鱼、回锅肉、辣子鸡，好像已成广陵散。想吃像样的包子都不容易如愿。有人在包子馅内加咸鸭蛋黄，加辣椒！烹饪之术讲究师傅，一个师傅门下的徒弟多人，不见得各个都能得到衣钵真传，要看各人的天分。烹饪可以出新招，不可出怪招。

我觉得我们该有一个像法国的《米舍兰向导》那样客观批评的刊物，也许可以多少挽救我们日趋衰微的吃的文化。

丘：中国文人除了授业解惑，著书立说之外，在生活上常以书法、书画来消遣。您年轻时画过梅，后来也一直写书法，另外您也听戏，也下围棋。能否谈谈您为什么画梅，后来又不画了？在围棋中您又有什么心得？写书法有什么诀窍？又能否说说您看戏听戏的经验？

梁：书法，年轻时临过两年碑帖，此后一直未下功夫，如何能写得好？作为一个中国文人，应该能用毛笔写字。我写稿用墨水笔、原子笔，只有在应邀挥毫时才搬出文房四宝，所以我的字无足观。连横平竖直都没有做到还说什么书法？

画，从小喜欢涂两笔，芥子园画谱是我的启蒙师，珂罗版印的金冬心画梅小册引导我发生了圈圈点点画墨梅的兴致，但是依猫画虎，自己没有创作力。及长，也就把画事搁下了。至于如今再也提不起画笔来。

听戏，这是北京长大的孩子最普通的嗜好。我赶上了平剧盛期的末尾，听过孙菊仙、陈德霖、杨小楼、刘鸿声、德珺如、龚云甫、裘桂仙，以及梅兰芳等名角，谭鑫培只听过一次，当时年龄太小，没有印象。我记得小时候跟父亲在致美斋厚德福吃午饭，由小伙计到三庆、文明、同乐去占座位，两点以后再去听戏，饭馆随后就送来水果点心茶食之类，开怀大吃。可是戏院环境我不喜欢，又挤又脏又乱。自从进了清华远在郊外，遂与听戏几乎绝缘。平剧的妙处在于唱与做，尤其在唱，所以说听戏，海派才说看戏。有什么样的观众才能有什么样的戏。现在观众变了，懂戏的人少了，爱听戏的人也少了，平剧焉得不式微？我在台湾很少听戏，先是听过几次顾正秋的戏，后又看了朱陆豪的武戏，都得到很大的快乐。

围棋，我也喜欢。此事有赖天才，且宜从小下手。我自知无此才能，故亦不深嗜，但对于名家棋赛的消息仍感兴趣。

丘：您的夫人韩菁清女士喜欢养猫。您为了猫喜食鲜鱼，每日为猫到市场买鲜鱼。晚上猫枕着您的腿睡着了，您腿麻也不忍心移动一下。能否谈谈您对宠物是持什么样的感情？

梁：我家的白猫王子今年九岁了，它老早在我心目中是我家中的一员，不仅是宠物。资深的宠物到时候自然会升等。我如今不仅喜爱它，还尊重它。它要卧在哪里，就由它卧在哪里。不勉强它过来偎偎抱抱。我尊重它的行动自由。有时候它窜上书桌，不偏不倚地趴在我的稿纸上，呼呼大睡，我也由它，我趁此休息也好。冬夜它喜欢钻进我的被窝，先是蜷伏脚下，继而渐渐上窜，终乃和我共枕而眠。

你若问我为什么爱猫，我也说不出道理。大抵娇小玲珑的动物都可爱。猫若是大得像一只老虎，我就不想摸它。猫一身的温柔滑润的毛，或长或短，摸上去非常舒服。有人养天竺鼠，有人养小乌龟，各有所好。

本来由我给猫买鱼，后来菁清看我不胜负荷，这份差事由她揽过去了。给三只猫刷洗清洁喂药都是菁清的事，她甘之如饴，若没有她独任艰巨，我不可能养猫。

丘：好了，最后我们想请教，您对已过去的八十五年有无遗憾，现在您最希望的事是什么？

梁：人生焉得没有遗憾的事？按照"不如意事常八九"的说法，遗憾的事情可就多了。我不那样悲观。

我认为遗憾的事大概不出几类：

一、应该读的书没有读，应该做的事没有做，岁月空度，悔已无及。

二、有机会可以更加亲近的大德彦俊，失之交臂，转瞬间已作古人。

三、对我有恩有情有助的人，我未能尽力报答，深觉有愧于心。

四、可以有幸去游的名山大川而未游，年事蹉跎，已无济胜之资。

五、陆放翁"但悲不见九州同"，我亦有同感。

如今我最希望的事只有一件：国泰民安，家人团聚。

＊本文发表于一九八七年五月一日台北《联合文学》第三十一期。

文艺与道德

他不但震世骇俗,他也愤世嫉俗,"不是英格兰不适于我,便是我不适于英格兰"。

在美国的《新闻周刊》上看到这样一段新闻:

"且来享受醇酒、妇人,尽情欢笑;明天再喝苏打水,听人讲道。"这是英国诗人拜伦(一七八八至一八二四年)的句子。据说他不仅这样劝别人,他自己也彻底地接受了他自己的劝告。他和无数的情人缱绻,许多的丑闻使得这位面貌姣好、头发鬈曲的诗人,死后不得在西敏寺内获一席地,几近一百五十年之久。一位教会长老说过,拜伦的"公然放浪的行为"和他的"不检的诗篇"使他不具有进入西敏寺的资格。但是"英格兰诗会"以为这位伟大的浪漫作家,由于他的诗和"他对于社会公道与自由之经常的关切",还是应该享有一座纪念物的。西敏寺也终于改变了初衷,在"诗人角"里,安放了一块铜牌来纪念拜伦。那"诗人角"是早已装满了纪念诗人们的碑牌之类，包括诸大诗人如莎士比亚、密尔顿、骚塞、雪莱、济慈，甚至还有一位外国诗人名为朗费洛的在内。

这样的一条新闻实在令人感慨万千。拜伦是英国的一位浪漫诗人，在行为与作品上都不平凡，"一觉醒来，名满天下"，他不但震世骇俗，他也愤世嫉俗，"不是英格兰不适于我，便是我不适于英格兰"，于是怫然出国，遨游欧土，卒至客死异乡，享年不过三十有六。他生不见容于重礼法的英国社会，死不为西敏寺所尊重，这是可以理解的事。一百五十年后，情感被时间冲淡，社会认清了拜伦的全部面貌，西敏寺敞开了它的严封固扃的大门。这一事实不能不使我们想一想，文艺与道德究竟是怎样的一种关系。

有人说，文艺与道德没有关系。一位厨师，只要善于调和鼎鼐，满足我们的口腹，我们就不必追问他的私生活中有无放荡逾检之处。这一比喻固很巧妙，但并不十分允洽。因为烹调的成品，以其色香味供我们欣赏，性质简单。而文艺作品之内容，则为人生的写照、人性的发挥，我们不仅欣赏其文词，抑且受其内容的感动，有时为之逸兴遄飞，有时为之回肠荡气。我们纵然不问作者本人的道德行为，却不能不理会文艺作品本身所涵蓄着的道德意味。人生的写照、人性的发挥，永远不能离开道德。文艺与道德不可能没有关系。进一步说，口腹之欲的满足也并非是饮食之道的极致；快我朵颐之外，也还要顾到营养健康。文艺之于读者的感应，其间更要引起道德的影响与陶冶的功能。

所谓道德，其范围至为广阔，既不限于礼教，更有异于说教。吾人行事，何者应为，抉择之间端在一心，那便是道德价值的运用。悲天悯人、民胞物与的精神，也正是道德的高度表现。以拜伦而论，他的私人行为有许多地方诚然不足为训，但是他的作品却常有鼓舞人心向上的力量，也常有令人心胸开阔的妙处。他赞赏光荣的历史，他同情被压迫的人民，那一份激昂慷慨的精神，百余年之后仍然虎虎有生气，使得西敏寺的主持人不能不心回意转，终于奉献给他那一份积欠已久的敬意。在伟大作品照耀之下，作者私人生活的玷污终被淡忘，也许不是谅恕，这是不是英国人聪明的地方呢？我们中国人礼教的观念很强，以为一个人私德有亏，便一无是处，我们是不容易把人品和作品分开来的，而且"文人无行"的看法也是很普遍的，好像一个人一旦成为文人，其品行也就不堪闻问，甚至有些文人还有意地不肯敦品，以为不如此不能成其为文人。

文艺的题材是人生，所以文艺永远含有道德的意味；但是文艺的功用是不是以宣扬道德为最重要的一项呢？在西洋文学批评里，这是一个老问题。罗马的何瑞士采取一种折中的态度，以为文学一面供人欣赏，一面教训，所谓寓教训于欣赏。近代纯文学的观念则是倾向于排斥道德教训于文艺之外。我们中国的传统看法，把文艺看成为有用的东西，多少是从实用的观点出发，并不充分承认其本身价值。从孔子所说"诗可以兴，可以观，可以群，可以怨，迩之事父，远之事君，多识于鸟兽草木之名"起，以至于周敦颐所谓之"文以载道"，都是把文艺当作教育工具看待。换言之，就是强调文艺之教育的功能，当然也就是强调文艺之道德的意味。直到晚近，文艺本身价值才逐渐被人认识，但是开明如梁任公先生的《小说与群治之关系》，仍未尽脱传统的功利观念的范围。我国的戏剧文学未能充分发达的原因之一，便是因为社会传统过分重视戏剧之社会教育价值。劝忠说孝，没有人反对；旧日剧院舞台两边柱上都有惩恶奖善性质的对联，可惜的是编剧的人受了束缚，不能自由发展，而观众所能欣赏到的也只剩了歌腔、身段。戏剧有社会教育的功能，但戏剧本身的价值却不尽在此。文艺与道德有密切的关系，但那关系是内在的，不是目的与手段之间的主从关系。我们可以利用戏剧而从事社会教育，例如破除迷信、扫除文盲，以至于促进卫生、保密防谍，都可以透过戏剧的方式把主张传播给大众。但是我们必须注意，这只是借用性质，借用就是借用，不是本来用途。

　　文艺作品里有情感，有思想，可是里面的思想往往是很难捉摸的,因为那思想与情感交织在一起,而且常是不自觉偶然流露出来的。文艺作家观察人生,处理他选定的题材,自有他独特的眼光,他不会拘于成见,他也不会唯他人之命是从,他不可能遗世独立,把文艺与道德完全隔离,亦不可能忘却他的严肃的"观察人生,并且观察人生全体"之神圣使命。

不要被人牵着鼻子走!
——怀念胡适之先生

我遍读先生书,觉得有一句一以贯之名言:"不要被人牵着鼻子走!"

二十五年前的二月二十四日下午,几位客人在舍下做方城戏。我不在局内。电话铃响,是一位朋友报告胡适之先生突然逝世的消息。牌局立即停止,大家聚在客厅,凄然无语,不欢而散。

《文星》要我写篇文章悼念胡先生,我一时写不出来,我初步的感想是:胡先生的逝世是我们国家无可弥补的损失。于是我写了以《但恨不见替人》为题的约一千字的短文。二十五年过去了,我仍然觉得没有人能代替他。难道真如赵瓯北所说"江山代有才人出,管领风骚数百年",要等几百年吗?

胡先生之不可及处在于他的品学俱隆。他与人为善,有教无类的精神是尽人皆知的。我在上海中国公学教书的时候,亲见他在校长办公室不时地被学生包围,大部分是托着墨海(砚池)拿着宣纸请求先生的墨宝。先生是来者不拒,谈笑风生,顾而乐之，但是也常累得满头大汗。一口气写二三十副对联是常事。先生自知并不以书法见长，他就是不肯拂青年之意。在北京大学的时候，他的宾客太多，无法应付，乃订于每星期六上午公开接见来宾。亲朋故旧，以及慕名来的，还有青年学子来执经问难的，把米量库四号先生的寓所挤得爆满。先生周旋其间，手挥五弦，目送飞鸿。乐于与青年学子和一般人士接触的学者，以我所知，只有梁任公先生差可比拟，然尚不及胡先生之平易近人。胡先生胸襟开阔，而又爱才若渴，凡是未能亲炙而写信请教者，只要信有内容而又亲切通顺，先生必定作答，因此由书信交往而蒙先生奖掖者颇不乏人。

先生任驻美大使期间，各处奔走演讲从事宣传，收效甚宏，原有一笔特支费不须报销，但是先生于普通出差费用之外未曾动用特支分文，扫数归缴国库。外交圈内，以我所知，仅从前之罗文干部长有此高风亮节。盖先生平素自奉甚俭，办事认真，而利禄不足以动其心。犹忆在上海办《新月》时，先生常邀侪辈到家餐聚，桌上的食物是夫人亲制的一个大锅菜，一层鸡、一层肉、一层蛋饺、一层萝卜白菜，名为徽州的"一品锅"。热气腾腾，主客尽欢。胡先生始终不离其对乡土的爱好。在美国旅居时，有人从台湾到美国，胡先生烦他携带的东西是一套柳条编的大蒸笼。先生赞美西洋文明，但他自己过的是朴实简单的生活。俭以养廉，自然不失儒家风范。

中国公学有一年因办事人员措置乖方，致使全体人员薪给未能按时发放，群情愤激。胡先生时在北平，闻讯遄返，问明原委，明辨是非，绝不偏袒部属。处事公道而不瞻顾私情的精神使大家由衷翕服。像这一类的事迹，一定还多，和先生较多接触的人一定知道得比我多。

许多伟大人物常于琐事中显露出其不凡。胡先生曾对我们几个朋友说，他读陶渊明传，读到他给儿子的信"汝旦夕之费，自资为难，今遣此力，助汝薪水之劳，此亦人子也，可善遇之。"大为感动，从此先生对于仆役人等无不礼遇，待如友朋，从无疾言厉色。有一次我在北大下课，值先生于校门口，承嘱搭他的车送我回家。那一天正值雨后，一路上他频频注视前方，嘱咐司机："小心，慢行，前面路上有个水坑，不要溅水到行人身上……"忙着做这样的叮咛，竟没得工夫和我说几句话。坐汽车的人居然顾到行人。据李济先生告诉我，有一回他和先生出游，倦归旅舍，先生未浴即睡，李先生问其故，先生说："今日过倦，浴罢刷洗澡盆，力有未胜。"李先生大惊，因为他从未听说过旅客要自刷澡盆。但是先生处处顾到别人，已成习惯，有如此者。

学贯中西，实非易事，而胡先生当之无愧。试看他在青年时期所写的《留学日记》，有几人能有他那样的好学深思？我个人在他那年龄，纵非醉生梦死，也是孤陋寡闻。先生尝自期许，"但开风气不为师"。白话文运动便数他贡献最大，除了极少数的若干人之外，全国早已风靡，无人不受其影响。

在学术思想方面，先生竭力提倡自由批评的风气。他曾说："上帝都可以批评，还有什么不可以批评的？"他有考证癖，凡事都要寻根问底。他介绍西方的某些哲学思想，但是"全盘西化"却不是他的主张。他反对某些所谓的礼教，但是他认识"儒"的意义，"打倒孔家店"的话不是他说的。有一年他到庐山看见一座和尚的塔，归来写了一篇六千字的文章作考据。常燕生先生讥讽他为玩物丧志，先生意颇不平，他说他是要教人一个寻证求真的方法。后来先生对《水经注》发生了兴趣，经年累月地做了深入而庞大的研究，我曾当面问他这是不是玩物丧志，先生依然正色地说："这是提示一个研究的方法。"现在他的《水经注》的研究已发表了，我不知道有多少学人从中学习到他的一套方法，不过我相信他对于研究学问的方法之热心倡导是不可及的。

先生自承没有从政的能力，也没有政治的野心，但对政治理论与实际民生饶有兴趣。他有批评的勇气，也有容忍的雅量。他在《新月》上发表一连串的文章，后来辑为小册，曰《人权论集》。

我遍读先生书，觉得有一句一以贯之名言："不要被人牵着鼻子走！"

新年献词

一般人的通病是因循苟且，惰性难除。

王安石有一首咏《元日》的诗：

爆竹声中一岁除，春风送暖入屠苏。
千门万户曈曈日，总把新桃换旧符。

从表面上看，这首诗是描写新年景象；但是细一想，这首诗也可能含有一点象征的意味。因为王安石是一位有抱负有魄力的政治家，同时也是一位文采非凡的作者，似乎不会浪费笔墨泛写一个极平凡的风俗习惯。他可能是幻想着他的新政，希望大家除旧布新刷新政治，像"新桃换旧符"一般地彻底革新。如果这揣想不错，这首诗就很有意味了。

王安石的功过得失，且不必论，他的励精图治、锐意革新的精神总是可佩服的。一般人的通病是因循苟且，惰性难除，过新年的时候懂得"新桃换旧符"，对于国家大事就只知道

"率由旧章"，奉行故事，几张熟悉的面孔像走马灯似的出出进进。于是主张"用新人，行新政"的王安石就作了《元日》诗寄予感慨了。

其实，需要革新的不只是国家的政事，个人之进德修业也需要时时检讨改进。西洋人有所谓"新年决心"者，于元旦之时痛下决心，何者宜行，何者宜戒，罗列编排，笔之于书。很可能这些决心只是一时的热气，到头来全成具文，旧习未除，依然故我。但是只知道一心向上，即属难能可贵，比起我们在梁柱上贴"对我生财"或斗方"福"字的红纸以及庸俗鄙陋的春联，要有意义多了。一个人反身修德，应该天天行之不懈，无须特别等到元旦试笔。不过一年之计在于春，这倒也不失为一个适当的机缘。修身比任何事情都重要，《大学》说："自天子以至于庶人，壹是以修身为本。"没有人是例外。

别的民族一年当中只有一个新年，我们一年中有两个。对于劳苦的大众，这并无伤大雅，"岁时伏腊"，本来就嫌休憩太少，可叹的是那些高高在上的"肉食者"，那些四体不勤、五谷不分，寄生在社会上的人，他们岂只是有个新年，他们天天在过新年！对于这样的人，新年是多余的点缀。

岁首吉日，应该善颂善祷。如果颂祷真有灵验，我愿随大家之后拱手拜年，说尽一切吉利的话。

二手烟

我也是人，为什么要心甘情愿地受烟草里的尼古丁所挟持支配而不能自拔？

我是吸烟的世家子弟，经过三代的熏染，自然地成为此道老手。我抽雪茄，一天不超过一支，饭后偶一为之。我抽烟斗，一度终日斗不离手。但是我抽纸烟，则有三十年的历史，直到日尽一听，而意犹未足。牙齿熏黑了，指尖染黄了，不以为憾。

我认识一个人，抽烟的历史比我长，烟瘾比我大，为了省钱专抽什么蜜蜂牌公鸡牌的廉价烟。枕边长备香烟火柴，早晨醒来第一桩事就是躺着吸一根烟，然后再起床。而且常表演一手特技，猛吸一口烟，闭上嘴，硬把烟咽了下去。天长日久，他的肺烂了。那时候大家还不知道什么肺癌之说，或称之曰肺痈。后来他就在咳嗽之中大口大口地吐出一块块淤血烂肺而亡。我照常抽烟，不以为诫。

劝人戒烟的说法很多。"你若省下买烟的钱，十年二十年之后可用以购置一幢房子。"最好的回答是："阁下不抽烟，请问你的房子安在?"提起吸烟之害,话题就多了,诸如损食欲、污牙齿、引口臭……耳熟能详,谁不知道。人不可无嗜好,人各有所好,"我自调心,不干汝事",于是我就我行我素继续不断地抽下去。吸烟是我生活中不可或少的一部分。

有一天,在学校的一个会议里,我嘴上叼着烟斗,摆头的电扇忽从背后吹来一阵风,把我烟斗里的半燃着的烟草吹得满天星斗,而且直吹到对面坐着的一位女士的身上,灰烬落在她的薄衫上面,幸而没把她的衣服烧出洞,也没有酿成火灾。她吓得惊叫,我只得连声道歉。事后我为了这件事苦闷了好几天。

自古志行高洁之士,我想,都是有所为有所不为,有适当的选择能力,有高度克己自制的功夫。我也是人,为什么要心甘情愿地受烟草里的尼古丁所挟持支配而不能自拔?我想从戒烟一件小事测验我自己究竟有没有一点点自制的能力。于是我把当时所有的烟斗、纸烟、雪茄一起抛弃,以示破釜沉舟之意。只有大大小小的烟灰缸没有丢。就这样"冷火鸡"方式使我脱离了烟籍。

最近看到《新闻周刊》(一九八六年七月二十八日)的一段纪事,我大为感动。美国第二大烟草制作商瑞诺兹公司的大股东之一瑞诺兹先生,三十一岁,以演员为业,两年前把烟戒掉,如今更进一步加入"美国肺脏学会",参加这学会所发起的"反吸烟运动"作为发言人。瑞诺兹公司是他祖父所创立，营业鼎盛，祖孙三代吃着不尽，但是他毅然决定摆脱家族关系，解除了他的股权。虽然他自承其动机是由于他的父亲五十八岁死于肺气肿，他自爱爱人的勇气仍然是很难得的。有人讥笑他，说他是"咬了伸手喂他的人"。他回答说："那双喂过我的手，也杀死过数以百万计的人，且将继续杀死更多的数以百万计的人。"瑞诺兹先生可以说是"知耻近乎勇"。

  由于报章宣传，我才知道二手烟之为害于人有甚于直接吸烟者。我回想起，从前吸鸦片的人家，常喜欢含一大口烟喷那蜷伏烟榻旁的哈巴狗。不久那哈巴狗也上了瘾，不按时喷它，它也会涕泗交流。如今美国有人提倡反吸烟运动，从拒绝吸二手烟做起，是很合理的。我国所受烟害已经创痛巨深，听说现在中小学学生吸烟的人数与日俱增，着实可怕。日前我在一家餐馆吃饭，邻桌的几位先生兴致甚豪，饮食之外猛吸纸烟，吞云吐雾，怡然自得。我心想，你愿吞云，尽可由你，你要吐雾，则连累他人，万使不得，我不能干涉他，我只能避席换座。

广告

买服装衣料就到瑞蚨祥，买茶叶就到东鸿记西鸿记，准没有错。

从前旧式商家讲究货真价实，一旦做出了名，口碑载道，自然生意鼎盛，无需大吹大擂，广事招徕。北平同仁堂乐家老铺，小小的几间门面，比街道的地面还低矮两尺，小小的一块匾，没有高擎的"丸散膏丹道地药材"的大招牌，可是每天一开门就是顾客盈门，里三层外三层，真是挤得水泄不通（那时候还没有所谓排队之说）。没人能冒用同仁堂的名义，同仁堂只此一家，别无分店，要抓药就要到大栅栏去挤。

这种情形不独同仁堂一家为然。买服装衣料就到瑞蚨祥，买茶叶就到东鸿记西鸿记，准没有错。买酱羊肉到月盛斋，去晚了买不着。买酱菜到六必居，也许是严嵩的那块匾引人。吃螃蟹、涮羊肉就到正阳楼，吃烤牛肉就要照顾安儿胡同老五，喝酸梅汤要去信远斋。他们都不在报纸上登广告，不派人撒传单。大家心里都有数。做买卖的规规矩矩做买卖，他们不想发大财，照顾主儿也老老实实地做照顾主儿，他们不想试新奇。

但是时代变了，谁也没有办法教它不变。先是在前门大街信昌洋行楼上竖起"仁丹"大广告牌，好像那翘胡子的人头还不够惹人厌，再加上夸大其词的"起死回生"的标语。犹嫌招摇不够尽兴，再补上一个由一群叫花子组成的乐队，吹吹打打，穿行市街。仁丹是还不错，可是日本人那一套宣传伎俩，我觉得太讨厌了。

由西直门通往万寿山那一条大道，中间黄土铺路，经常有清道夫一勺一勺地泼水，两边是大石板路，供大排子车使用，边上种植高大的柳树，古道垂杨，夹道飘拂，颇为壮观可喜。不知从哪天起，路边转弯处立起了一两丈高的大木牌，强盗牌的香烟，大联珠牌的香烟，如雨后春笋出现了。我每星期周末在这大道上来往一回，只觉得那广告收了破坏景观之效，附带着还惹人厌。我不吸烟，到了吸烟的年龄我也自知选择，谁也不会被一个广告牌子所左右。

坐火车到上海，沿途看见"百龄机"的广告牌子，除了三个大字之外还有一行小字："有意想不到之效力。"到底那百龄机是什么东西，有什么意想不到的效力，谁也说不清，就这样糊里糊涂地发生了广告效果，不少人盲从附和。《小说月报》《东方杂志》也出现了"红色补丸"的广告，画的是一个佝偻着腰的老人，手附着胯，旁边注着"图中寓意"四个字。寓什么意？补丸而可以用颜色为名，我只知道明末三大案，皇帝吃了红丸而暴崩。

这些都还是广告术的初期亮相。尔后广告方式，日新月异，无孔不入，大有泛滥成灾之势。广告成了工商业的出品成本之重要项目。

报纸刊登广告是天经地义。人民大众利用刊登广告的办法，可以警告逃妻，可以凤求凰或凰求凤，可以叫卖价格低廉而美轮美奂的琼楼玉宇，可以报失，可以道歉，可以鸣谢救火，可以感谢良医，可以宣扬仙药，可以贺人结婚，可以贺人家的儿子得博士学位，可以一大排一大排讣告同一某某董事长的死讯，可以公开诉愿喊冤，可以公开歌功颂德，可以宣告为某某举办冥寿，可以公告拒绝往来户，可以揭露各种考试的金榜，可以……不胜枚举。我的感想是：广告太多了，时常把新闻挤得局处一隅。有些广告其实是浪费，除了给报馆增加收益之外，不免令读者报以冷眼，甚或嗤之以鼻。同时广告所占篇幅有时也太大了，其实整版整页的大广告吓不倒人。外国的报纸，不限张数，广告更多，平常每日出好几十张，星期日甚至好几百页，报童暗暗叫苦，收垃圾的人也吃不消。我国的报纸好像情形好些，广告再多也是在那三大张之内，然而已经令人感到泛滥成灾了。

杂志非广告不能维持，其中广告客户不少是人情应酬，并非心甘情愿送上门来，可是也有声望素著的大刊物，一向以不登载广告为傲，也禁不住经济考虑而大开广告之门。我们不反对刊物登载广告，只是登载广告的方式值得研究。有些杂志的广告部分特别选用重磅的厚纸,彩色精印,有喧宾夺主之势,更有鱼目混珠之嫌。有人对我说,这样的刊物到他手里,对不起,他时常先把广告部分尽可能地撕除净尽,然后再捧而读之。我说他做得过分,辜负了广告客户的好意,他说为了自卫,情非得已。他又说,利用邮递投送广告函的,他也是一律原封投入字纸篓里,他没有工夫看。

我不懂为什么大街小巷有那么多的搬家小广告到处乱贴,墙上、楼梯边、电梯内,满坑满谷。没有地址,只具电话号码。粘贴得还十分结实,洗刷也不容易。更有高手大概会飞檐走壁,能在大厦二三丈高处的壁上张贴。听说取缔过一阵,但是野火烧不尽春风吹又生了。

有吉房招租的人,其心情之急是可以理解的。在报纸上登个分类小广告也就可以了,何必写红纸条子到处乱贴。我最近看到这样的大张红纸条子贴在路旁邮箱上了。显然有人去撕,但是撕不掉,经过多日雨淋才脱落一部分,现在还剩有斑驳的纸痕留在邮箱上!

电视上的广告更不必说,天下没有白吃的午餐,没有广告哪里能有节目可看?可是那些广告逼人而来,真杀风景。我不想买大厦房子,我也没有香港脚,我更不打算进补,可是那些广告偏来呶呶不休,有时还重复一遍。有人看电视,一见广告上映,登时闭上眼睛养神,我没有这样本领,我一闭眼就真个睡着了。我应变的办法是只看没有广告的一段短短的节目,广告一来我就关掉它。这样做，我想对自己没有多大损失。

　　早起打开报纸，触目烦心的是广告，广告；出去散步映入眼帘的又是广告，广告；午后绿衣人来投送的也多是广告，广告；晚上打开电视仍然少不了广告，广告。每日生活被广告折磨得够苦，要想六根清净，看来颇不容易。

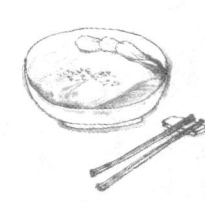

辑伍

人生苦短 再来一碗

生命有限,吃一顿就少一顿,每一餐都不能辜负。

豆腐

"鸡刨豆腐"是普通家常菜,养过鸡的人应该知道,一块豆腐被鸡刨了是什么样子。

豆腐是我们中国食品中的瑰宝。豆腐之法,是否始于汉淮南王刘安,没有关系,反正我们已经吃了这么多年,至今仍然在吃。在海外留学的人,到唐人街杂碎馆打牙祭少不了要吃一盘烧豆腐,方才有家乡风味。有人在海外由于制豆腐而发了财,也有人研究豆腐而得到学位。

关于豆腐的事情,可以编写一部大书,现在只是谈谈几项我个人所喜欢的吃法。

凉拌豆腐,最简单不过。买块嫩豆腐,冲洗干净,加上一些葱花,撒些盐,加麻油,就很好吃。若是用红酱豆腐的汁浇上去,更好吃。至不济浇上一些酱油膏和麻油,也不错。我最喜欢的是香椿拌豆腐。香椿就是庄子所说的"以八千岁为春,以八千岁为秋"的椿。取其吉利,我家后院植有一棵不大不小的椿树,春发嫩芽,绿中微带红色,摘下来用沸水一烫,切成碎末，拌豆腐，有奇香。可是别误摘臭椿，臭椿就是樗，本草李时珍曰："其叶臭恶，歉年人或采食。"近来台湾也有香椿芽偶然在市上出现，虽非臭椿，但是嫌其太粗壮，香气不足。在北平，和香椿拌豆腐可以相提并论的是黄瓜拌豆腐，这黄瓜若是冬天温室里长出来的，在没有黄瓜的季节吃黄瓜拌豆腐，其乐也何如？比松花拌豆腐好吃得多。

"鸡刨豆腐"是普通家常菜，可是很有风味。一块老豆腐用铲子在炒锅热油里戳碎，戳得乱七八糟，略炒一下，倒下一个打碎了的鸡蛋，再炒，加大量葱花。养过鸡的人应该知道，一块豆腐被鸡刨了是什么样子。

锅塌豆腐又是一种味道，切豆腐成许多长方块，厚薄随意，裹以鸡蛋汁，再裹上一层荬粉，入油锅炸，炸到两面焦，取出。再下锅，浇上预先备好的调味汁，如酱油料酒等，如有虾子羼入更好。略烹片刻，即可供食。虽然仍是豆腐，然已别有滋味。台北天厨陈万策老板，自己吃长斋，然喜烹调，推出的锅塌豆腐就是北平作风。

沿街担贩有卖"老豆腐"者。担子一边是锅灶，煮着一锅豆腐，久煮成蜂窝状，另一边是碗匙佐料如酱油、醋、韭菜末、芝麻酱、辣椒油之类。这样的老豆腐，自己在家里也可以做。天厨的老豆腐，加上了鲍鱼火腿等，身份就不一样了。

担贩亦有吆喝"卤煮啊，炸豆腐"者，他卖的是炸豆腐，三角形的，间或还有加上炸豆腐丸子的，煮得烂，加上些佐料如花椒之类，也别有风味。

一九二九年至一九三〇年之际，李璜先生宴客于上海四马路美丽川（应该是美丽川菜馆，大家都称之为美丽川），我记得在座的有徐悲鸿、蒋碧微等人，还有我不能忘的席中的一道"蚝油豆腐"。事隔五十余年，不知李幼老还记得否。蚝油豆腐用头号大盘，上面平铺着嫩豆腐，一片片的像瓦垄然，整齐端正，黄橙橙的稀溜溜的蚝油汁洒在上面，亮晶晶的。那时候四川菜在上海初露头角，我首次品尝，诧为异味，此后数十年间吃过无数次川菜，不曾再遇此一杰作。我揣想那一盘豆腐是摆好之后去蒸的，然后浇汁。

厚德福有一道名菜，尝过的人不多，因为非有特殊关系或情形他们不肯做，做起来太麻烦，这就是"罗汉豆腐"。豆腐捣成泥，加芡粉以增其粘性，然后捏豆腐泥成小饼状，实以肉馅，和捏汤团一般，下锅过油，再下锅红烧，辅以佐料。罗汉是断尽三界一切见思惑的圣者，焉肯吃外表豆腐而内含肉馅的丸子，称之为罗汉豆腐是有揶揄之意，而且也没有特殊的美味，和"佛跳墙"同是噱头而已。

冻豆腐是广受欢迎的，可下火锅，可做冻豆腐粉丝熬白菜（或酸菜）。有人说，玉泉山的冻豆腐最好吃，泉水好，其实也未必。凡是冻豆腐，味道都差不多。我常看到北方的劳苦人民，辛劳一天，然后拿着一大块锅盔，捧着一黑皮大碗的冻豆腐粉丝熬白菜，唏哩呼噜地吃，我知道他自食其力，他很快乐。

笋

无竹令人俗,无肉使人瘦。若要不俗也不瘦,餐餐笋煮肉。

我们中国人好吃竹笋。《诗·大雅·韩奕》:"其簌维何,维笋维蒲。"可见自古以来,就视竹笋为上好的蔬菜。唐朝还有专员管理植竹,《唐书·百官志》:"司竹监掌植竹苇,岁以笋供尚食。"到了宋朝的苏东坡,初到黄州立刻就吟出"长江绕郭知鱼美,好竹连山觉笋香"之句,后来传诵一时的"无竹令人俗,无肉使人瘦。若要不俗也不瘦,餐餐笋煮肉。"更是明白表示笋是餐餐所不可少的。不但人爱吃笋,熊猫也非吃竹枝竹叶不可,竹林若是开了花,熊猫如不迁徙便会饿死。

笋,竹萌也。竹类非一,生笋的季节亦异,所以笋也有不同种类。苦竹之笋当然味苦,但是苦的程度不同。太苦的笋难以入口,微苦则亦别有风味,如食苦瓜、苦菜、苦酒,并不嫌其味苦。苦笋先煮一过,可以稍减苦味。苏东坡吃笋专家,他不排斥苦笋,有句云:"久抛松菊犹细事,苦笋江豚那忍说?"他对苦笋还念念不忘呢。黄鲁直曾调侃他:"公如端为苦笋归,明日春衫诚可脱。"为了吃苦笋，连官都可以不做。我们在台湾夏季所吃到的鲜笋，非常脆嫩，有时候不善挑选的人也会买到微带苦味的。好像从笋的外表形状就可以知道其是否苦笋。

春笋不但细嫩清脆，而且样子也漂亮。细细长长的，洁白光润，没有一点瑕疵。春雨之后，竹笋骤发，水分充足，纤维特细。古人形容妇女手指之美常曰春笋。"秋波浅浅银灯下，春笋纤纤玉镜前。"(《剪灯余话》)这比喻不算夸张，你若是没见过春笋一般的手指，那是你所见不广。春笋怎样做都好，煎炒煨炖，无不佳妙。油焖笋非春笋不可，而春笋季节不长，故罐头油焖笋一向颇受欢迎，唯近制多粗制滥造耳。

冬笋最美。杜甫《发秦州》"密竹复冬笋"，好像是他一路挖冬笋吃。冬笋不生在地面，冬天是藏在土里，需要掘出来。因其深藏不露，所以质地细密。北方竹子少，冬笋是外来的，相当贵重。在北平馆子里叫一盘"炒二冬"(冬笋冬菇)就算是好菜。东兴楼的"虾子烧冬笋"、春华楼的"火腿煨冬笋"，都是名菜。过年的时候，若是以一蒲包的冬笋一蒲包的黄瓜送人，这份礼不轻，而且也投老饕之所好。我从小最爱吃的一道菜，就是冬笋炒肉丝，加一点韭黄木耳，临起锅浇一勺绍兴酒，认为那是无上妙品——但是一定要我母亲亲自掌勺。

笋尖也是好东西，杭州的最好。在北平有时候深巷里发出跑单帮的杭州来的小贩叫卖声，他背负大竹筐，有小竹篓的笋尖兜售。他的笋尖是比较新鲜的，所以还有些软。肉丝炒笋尖很有味，羼在素什锦或烤麸之类里面也好，甚至以笋尖烧豆腐也别有风味。笋尖之外还有所谓"素火腿"者，是大片的制炼过的干笋，黑黑的，可以当作零食啃。

究竟笋是越鲜越好。有一年我随舅氏游西湖，在灵隐寺前面的一家餐馆进膳，是素菜馆，但是一盘冬菇烧笋真是做得出神入化，主要的是因为笋新鲜。前些年一位朋友避暑上狮头山，住最高处一尼庵，贻书给我说："山居多佳趣，每日素斋有新砍之笋，味绝鲜美，盍来共尝？"我没去，至今引以为憾。

关于冬笋，台南陆国基先生赐书有所补正，他说："'冬笋不生在地面，冬天是藏在土里'这两句话若改作'冬笋是生长在土里'，较为简明。兹将冬笋生长过程略述于后。我们常吃的冬笋为孟宗竹笋（台湾建屋揩鹰架用竹），是笋中较好吃的一种，隔年秋初，从地下茎上发芽，慢慢生长，至冬天已可挖吃。竹的地下茎，在土中深浅不一，离地面约十公分所生竹笋，其尖（芽）端已露出土壤，笋箨呈青绿。离地表面约尺许所生竹笋，冬天尚未露出土表，观土面隆起，布有新细缝者，即为竹笋所在。用锄挖出，笋箨淡黄。若离地面一尺以下所生竹笋，地面表无迹象，殊难找着。要是掘笋老手，观竹枝开展，则知地下茎方向，亦可挖到竹笋。至春暖花开，雨水充足，深土中竹笋迅速伸出地面，即称春笋。实际冬笋春笋原为一物，只是出土有先后，季节不同。所有竹笋未出地面都较好吃，非独孟宗竹为然。"

附此致谢。

汤包

我不太懂，要喝汤为什么一定要灌在包子里然后再喝。

说起玉华台，这个馆子来头不小，是东堂子胡同杨家的厨子出来经营掌勺。他的手艺高强，名作很多，所做的汤包，是故都的独门绝活。

包子算得什么，何地无之？但是风味各有不同。上海沈大成、北万馨、五芳斋所供应的早点汤包，是令人难忘的一种。包子小，小到只好一口一个，但是每个都包得俏式，小蒸笼里垫着松针（可惜松针时常是用得太久了一些），有卖相。名为汤包，实际上包子里面并没有多少汤汁，倒是外附一碗清汤，表面上浮着七条八条的蛋皮丝，有人把包子丢在汤里再吃，成了名副其实的汤包了。这种小汤包馅子固然不恶，妙处却在包子皮，半发半不发，薄厚适度，制作上颇有技巧。台北也有人仿制上海式的汤包，得其仿佛，已经很难得了。

天津包子也是远近驰名的，尤其是狗不理的字号十分响亮。其实不一定要到狗不理去,搭平津火车一到天津西站就有一群贩卖包子的高举笼屉到车窗前,伸胳膊就可以买几个包子。包子是扁扁的,里面确有比一般为多的汤汁,汤汁中有几块碎肉葱花。有人到铺子里吃包子,才出笼的,包子里的汤汁曾有烫了脊背的故事,因为包子咬破,汤汁外溢,流到手掌上,一举手乃顺着胳膊流到脊背。不知道是否真有其事,不过天津包子确是汤汁多,吃的时候要小心,不烫到自己的脊背,至少可以溅到同桌食客的脸上。相传的一个笑话:两个不相识的人据一张桌子吃包子,其中一位一口咬下去,包子里的一股汤汁直飚过去,把对面客人喷了个满脸花。肇事的这一位并未觉察,低头猛吃。对面那一位很沉得住气,不动声色。堂倌在一旁看不下去,赶快拧了一个热手巾把送了过去,客徐曰:"不忙,他还有两个包子没吃完哩。"

玉华台的汤包才是真正的含着一汪子汤。一笼屉里放七八个包子,连笼屉上桌,热气腾腾,包子底下垫着一块蒸笼布,包子扁扁的塌在蒸笼布上。取食的时候要眼明手快,抓住包子的皱褶处猛然提起,包子皮骤然下坠,像是被婴儿吮瘪了的乳房一样,趁包子没有破裂赶快放进自己的碟中,轻轻咬破包子皮,把其中的汤汁吸饮下肚,然后再吃包子的空皮。没有经验的人,看着笼里的包子,又怕烫手,又怕弄破包子皮,犹犹豫豫,结果大概是皮破汤流,一塌糊涂。有时候堂倌代为抓取。

其实吃这种包子,其乐趣一大部分就在那一抓一吸之间。包子皮是烫面的,比烫面饺的面还要稍硬一点,否则包不住汤。那汤原是肉汁冻子,打进肉皮一起煮成的,所以才能凝结成为包子馅。汤里面可以看得见一些碎肉渣子。这样的汤味道不会太好。我不太懂,要喝汤为什么一定要灌在包子里然后再喝。

栗子

徐志摩告诉我,每值秋后必去访桂,吃一碗煮栗子,认为是一大享受。有一年他去了,桂花被雨摧残净尽,他感而写了一首诗《这年头活着不易》。

栗子以良乡的为最有名。良乡县在河北,北平的西南方,平汉铁路线上,其地盛产栗子。然栗树北方到处皆有,固不必限于良乡。

我家住在北平大取灯胡同的时候,小园中亦有栗树一株,初仅丈许,不数年高二丈以上,结实累累。果苞若刺猬,若老鸡头,遍体芒刺,内含栗两三颗。熟时不摘取则自行坠落,苞破而栗出。捣碎果苞取栗,有浆液外流,可做染料。后来我在崂山上看见过巨大的栗子树,高三丈以上,果苞落下狼藉满地,无人理会。

在北平,每年秋节过后,大街上几乎每一家干果子铺门外都支起一个大铁锅,翘起短短的一截烟囱,一个小利巴挥动大铁铲,翻炒栗子。不是干炒,是用沙炒,加上糖使沙结成大大小小的粒,所以叫作糖炒栗子。烟煤的黑烟扩散,哗啦哗啦的翻炒声,间或有栗子的爆炸声,织成一片好热闹的晚秋初冬的景致。孩子们没有不爱吃栗子的,几个铜板买一包,草纸包起,用麻茎儿捆上,热呼呼的,有时简直是烫手热,拿回家去一时舍不得吃完,藏在被窝垛里保温。

煮咸水栗子是另一种吃法。在栗子上切十字形裂口,在锅里煮,加盐。栗子是甜滋滋的,加上咸,别有风味。煮时不妨加些八角之类的香料。冷食热食均佳。

但是最妙的是以栗子做点心。北平西车站食堂是有名的西餐馆。所制"奶油栗子面儿"或称"奶油栗子粉"实在是一绝。栗子磨成粉,就好像花生粉一样,干松松的,上面浇大量奶油。所谓奶油就是打搅过的奶油(whiped cream)。用小勺取食,味妙无穷。奶油要新鲜,打搅要适度,打得不够稠固然不好吃,打过了头却又稀释了。东安市场的中兴茶楼和国强西点铺后来也仿制,工料不够水准,稍形逊色。北海仿膳之栗子面小窝头,我吃不出栗子味。

杭州西湖烟霞岭下翁家山的桂花是出名的,尤其是满家弄,不但桂花特别的香,而且桂花盛时栗子正熟,桂花煮栗子成了路边小店的无上佳品。徐志摩告诉我,每值秋后必去访桂,吃一碗煮栗子,认为是一大享受。有一年他去了,桂花被雨摧残净尽,他感而写了一首诗《这年头活着不易》。

十几年前在西雅图海滨市场闲逛,出得门来忽闻异香,遥见一意大利人推小车卖炒栗。论个卖——五角钱一个,我们一家六口就买了六颗,坐在车里分而尝之。如今我们这里到冬天也有小贩卖"良乡栗子"了。韩国进口的栗子大而无当,并且糊皮,不足取。

佛跳墙

海参、猪蹄筋、红枣、鱼刺、鱼皮、栗子、香菇、蹄膀筋肉等十种昂贵的配料，先熬鸡汁，再将去肉的鸡汁和这些配料予以慢工出细活的好几遍煮法，前后计时将近两星期……已不再是原有的各种不同味道，而合为一味。香醇甘美，齿颊留香，两三天仍回味无穷。

佛跳墙的名字好怪。何物美味竟能引得我佛失去定力跳过墙去品尝？我来台湾以前没听说过这一道菜。

《读者文摘》（一九九三年七月中文版）引载可叵的一篇短文《佛跳墙》，据她说佛跳墙"那东西说来真罪过，全是荤的，又是猪脚，又是鸡，又是海参、蹄筋，炖成一大锅……这全是广告噱头，说什么这道菜太香了，香得连佛都跳墙去偷吃了"。我相信她的话，是广告噱头，不过佛都跳墙，我也一直地跃跃欲试。

同一年三月七日《青年战士报》有一位郑木金先生写过一篇《油画家杨三郎祖传菜名闻艺坛——佛跳墙耐人寻味》，他大致说："传自福州的佛跳墙……在台北各大餐馆正宗的佛跳墙已经品尝不到了。……偶尔在一般乡间家庭的喜筵里也会出现此道台湾名菜，大都以芋头、鱼皮、排骨、金针菇为主要配料。其实源自福州的佛跳墙，配料极其珍贵。杨太太许玉燕花了十多天闲工夫才能做成的这道菜，有海参、猪蹄筋、红枣、鱼刺、鱼皮、栗子、香菇、蹄膀筋肉等十种昂贵的配料，先熬鸡汁，再将去肉的鸡汁和这些配料予以慢工出细活的好几遍煮法，前后计时将近两星期……已不再是原有的各种不同味道，而合为一味。香醇甘美，齿颊留香，两三天仍回味无穷。"这样说来，佛跳墙好像就是一锅煮得稀巴烂的高级大杂烩了。

北方流行的一个笑话，出家人吃斋茹素，也有老和尚忍耐不住想吃荤腥，暗中买了猪肉运入僧房，乘大众入睡之后，纳肉于釜中，取佛堂燃剩之蜡烛头一罐，轮番点燃蜡烛头于釜下烧之。恐香气外溢，乃密封其釜使不透气。一罐蜡烛头于一夜之间烧光，细火久焖，而釜中之肉烂矣，而且酥软味腴，迥异寻常。戏名之为"蜡头炖肉"。这当然是笑话，但是有理。

我没有方外的朋友，也没吃过蜡头炖肉，但是我吃过"坛子肉"。坛子就是瓦钵，有盖，平常做储食物之用。坛子不需大，高半尺以内最宜。肉及佐料放在坛子里，不需加水，密封坛盖，文火慢炖，稍加冰糖。抗战时在四川，冬日取暖多用炭盆，亦颇适于做坛子肉，以坛置定盆中，烧一大盆缸炭，坐坛子于炭火中而以灰覆炭，使徐徐燃烧，约十小时后炭未尽成烬而坛子肉熟矣。纯用精肉，佐以葱姜，取其不失本味，如加配料以笋为最宜，因为笋不夺味。

"东坡肉"无人不知。究竟怎样才算是正宗的东坡肉，则去古已远，很难说了。幸而东坡有一篇《猪肉颂》：

　　净洗铛，少着水，
　　柴头灶烟焰不起。
　　待他自熟莫催他，
　　火候足时他自美。
　　黄州好猪肉，价钱如泥土，
　　贵者不肯食，贫者不解煮。
　　早晨起来打两碗，饱得自家君莫管。

看他的说法，是晚上煮了第二天早晨吃，无他秘诀，小火慢煨而已。也是循蜡头炖肉的原理。就是坛子肉的别名吧？

一日，唐嗣尧先生招余夫妇饮于其巷口一餐馆，云其佛跳墙值得一尝，乃欣然往。小罐上桌，揭开罐盖热气腾腾，肉香触鼻。是否及得杨三郎先生家的佳制固不敢说，但亦颇使老饕满意。可惜该餐馆不久歇业了。

我不是远庖厨的君子，但是最怕做红烧肉，因为我性急而健忘，十次烧肉九次烧焦，不但糟蹋了肉，而且烧毁了锅，满屋浓烟，邻人以为是失了火。近有所谓电慢锅者，利用微弱电力，可以长时间的煨煮肉类，对于老而且懒又没有记性的人颇为有用，曾试烹近似佛跳墙一类的红烧肉，很成功。

鲍鱼

主人起来,只闻到异香满室,后来廉得其情,也只好徒呼负负。

鲍鱼的原义是臭腌鱼。《史记·秦始皇本纪》:"会暑,上辒车臭,乃诏从官,令车载一石鲍鱼,以乱其臭。"就是以鲍鱼掩盖尸臭的意思。我现在所要谈的不是这个鲍鱼。

鲍鱼是石决明的俗称。亦称为鳆鱼。鳆实非鱼,乃有介壳之软体动物,常吸着于海水中的礁石之上,赖食藻类为生。壳之外缘有呼吸孔若干列成一排。我们此地所谓"九孔"就是鲍鱼一类。

从前人所谓"如入鲍鱼之肆",形容其臭不可闻,今则提起鲍鱼无不赏其味美。新鲜的九孔,海鲜店到处有售,其味之鲜美在蚌类之中独树一帜。但是比起晒干了的广东之紫鲍,以及装了罐头的熟鲍鱼,尚不能同日而语。新鲜鲍鱼嫩而香,制炼过的鲍鱼味较厚而醇。

广东烹调一向以红烧鱼翅及红烧鲍脯为号召,确有其独到之处。紫鲍块头很大,厚而结实,拿在手里沉甸甸的。烹制之后，虽然仍有韧性，但滋味非凡，比吃熊掌要好得多。我认识一位广东侨生，带有一些紫鲍，他患癌不治，临终以其所藏剩余之鲍鱼见贻，我睹物伤逝，不忍食之，弃置冰箱经年，终于清理旧物，不得已而试烹制之。也许是发得不好，也许是火候不对，结果是勉强下咽，糟蹋了东西。可见烹饪一道非利巴所能为。

罐头的鲍鱼，以我所知有日本的和墨西哥的两种，各有千秋。日本的鲍鱼个子小些，颜色淡些，一罐可能有三五个还不止。质地较为细嫩。墨西哥的罐头在美国畅销，品质不齐，有人在标笺上可以看出货色的高低，想来是有人粗制滥造冒用名牌。

罐头鲍鱼是熟的，切成薄片是一道上好的冷荤，若是配上罐头龙须菜，便是绝妙的一道双拼。有人好喜欢吃鲍鱼，能迫不及待地打开罐头就用叉子取出一块举着啃，像吃玉米棒子似的一口一口地啃！

鲍鱼切成细丝，加芫荽菜梗，入锅爆炒，是下酒的一道好菜。

鲍鱼切成丁，比骰子稍大一点的丁，加虾子烩成羹，下酒送饭兼宜。

但是我吃鲍鱼最得意的是一碗鲍鱼面。有一年冬天我游沈阳，下榻友人家。我有凌晨即起的习惯，见其厨司老王伏枕呻吟不胜其苦，问其故，知是胃痛，我乃投以随身携带的苏打片，痛立止。老王感激涕零，无以为报，立刻翻身而起，给我煮了一大碗面做早点，仓猝间找不到做面的浇头，在主人柜橱里摸索出一罐主人舍不得吃的鲍鱼，不由分说打开罐头把一整罐鲍鱼切成细丝，连原汁一起倒进锅里，煮出上尖的一大碗鲍鱼面。这是我一生没有过的豪举，用两片苏打换来一罐鲍鱼煮一碗面！主人起来，只闻到异香满室，后来廉得其情，也只好徒呼负负。

韭菜篓

揭开笼屉盖热气腾腾，每人伸手拿起一只就咬，一阵风吹来一股韭菜味，香极了。粗大的韭菜叶一概舍去，专选细嫩部分细切，然后拌上切碎了的生板油丁。蒸好之后，脂油半融半呈晶莹的碎渣，使得韭菜变得软润合度。像这样的韭菜篓端上一盘，你纵然已有饱意，也不能不取食一两个。

    韭菜是蔬菜中最贱者之一，一年四季到处有之。有一股强烈浓浊的味道，所以恶之者谓之臭，喜之者谓之香。道家列入五荤一类，与葱蒜同科。但是事实上喜欢吃韭菜的人多，而且雅俗共赏。

    有一年我在青岛寓所后山坡闲步，看见一伙石匠在凿石头打地基，将近歇晌的时候，有人担了两大笼屉的韭菜馅发面饺子来，揭开笼屉盖热气腾腾，每人伸手拿起一只就咬，一阵风吹来一股韭菜味，香极了。我不由地停步，看他们狼吞虎咽，大约每个人吃两只就够了，因为每只长约半尺。随后又担来两桶开水，大家就用瓢舀着吃。像是《水浒传》中人一般的豪爽。我从未见过像这一群山东大汉之吃得那样的淋漓尽致。

我们这里街头巷尾也常有人制卖韭菜盒子,大概都是山东老乡。所谓韭菜盒子是油煎的,其实标准的韭菜盒子是干烙的,不是油煎的。不过油煎得黄澄澄的也很好,可是通常馅子不大考究,粗老的韭菜叶子没有细切,而且羼进粉丝或是豆腐渣什么的,味精少不了。中山北路有一家北方馆(天兴楼?)卖过一阵子比较像样的韭菜盒子,干烙无油,可是不久就关张了。天厨点心部的韭菜盒子是出名的,小小圆圆,而不是一般半月形,做法精细,材料考究,也是油煎的。

以上所说都是以韭菜馅为标榜的点心。现在要说东兴楼的韭菜篓。事实上是韭菜包子,而名曰篓,当然有其特点。面发得好,洁白无疵,没有斑点油皮,而且捏法特佳,细褶匀称,捏合处没有面疙瘩,最特别的是蒸出来盛在盘里一个个的高壮耸立,不像一般软趴趴的扁包子,底直径一寸许,高几达二寸,像是竹篓似的骨立挺拔。看上去就很美观,我疑心是利用筒状的模型。馅子也讲究,粗大的韭菜叶一概舍去,专选细嫩部分细切,然后拌上切碎了的生板油丁。蒸好之后,脂油半融半呈晶莹的碎渣,使得韭菜变得软润合度。像这样的韭菜篓端上一盘,你纵然已有饱意,也不能不取食一两个。

普通人家都会做韭菜篓,只是韭菜馅包子而已,真正够标准的韭菜篓,要让东兴楼独步。

烙饼

葱花要细,要九分白一分绿。撒盐要匀。锅里油要少,锅要热而火要小。烙好之后,两手拿饼直起来在案板上戳打几下,这个小动作很重要,可以把饼的层次戳松。葱油饼太好吃,不需要菜。

  饼而曰烙,可知不是煎、不是炸、不是烤,更不是蒸。烙饼的锅曰铛,在这里音撑,差亨切,阴平声。铛是平底锅,通常无足无耳无柄,大小不一定。铛是铁打的,相当的厚重,不容易烧热,可是烧热了也不容易凉,最适宜于烙饼。洋式的带柄的平底锅,也可以用来烙饼,而且小巧灵便,但是铝合金制的锅究竟传热太快冷却也太快,控制温度麻烦,不及我们的铛。

  烙饼需要和面。和面不简单。没有触摸过白案子,初次和面,大概会弄得一塌糊涂,无有是处。烙饼需用热水和面,不是滚开的沸水,沸水和面就变成烫面了。用热水和面是取其和出来软。和好了面不能立刻烙,要容它"醒"一段时间。这段时间可长可短,看情形而定。

如果做家常饼,手续最简单。家常饼是薄薄的,里面的层次也不须太多,表面上更不须刷油,烙出来白磁糊裂的,只要相当软和就成。在北平懒婆娘自己不动手,可以到胡同口外蒸锅铺油盐店之类的地方去定制,论斤卖。一斤面大概可以烙不大不小的四张。北方人贫苦,如果有两张家常饼,配上一盘摊鸡蛋(鸡蛋要摊成直径和饼一样大的两片),把蛋放在饼上,卷起来,竖立之,双手扶着,张开大嘴,左一口,右一口,中间再一口,那简直是无与伦比的一顿丰盛大餐。

孩子想吃甜食,最方便莫如到蒸锅铺去烙几张糖饼,黑糖和芝麻酱要另外算钱,事前要讲明几个铜板的黑糖,几个铜板的芝麻酱。烙饼里夹杂着黑糖和芝麻酱,趁热吃,那份香无法形容。我长大之后,自己在家中烙糖饼,乃加倍地放糖,加倍地放芝麻酱,来弥补幼时之未能十分满足的欲望。

葱油饼到处都有,但是真够标准的还是要求之于家庭主妇。北方善烹饪的家庭主妇,做法细腻,和一般餐馆之粗制滥造不同。一般餐馆所制,多患油腻。在山东,许多处的葱油饼是油炸的,焦黄的样子很好看,吃上一块两块就消受不了。在此处颇有在饼里羼味精的,简直是不可思议。标准的葱油饼要层多,葱多,而油不太多。可以用脂油丁,但是要少放。要层多,则擀面要薄,多卷两次再加葱。葱花要细,要九分白一分绿。撒盐要匀。锅里油要少,锅要热而火要小。烙好之后,两手拿饼直起来在案板上戳打几下,这个小动作很重要,可以把饼的层次戳松。葱油饼太好吃,不需要菜。

清油饼实际上不是饼。是细面条盘起来成为一堆,轻轻压按使成饼形,然后下锅连煎带烙,成为焦黄的一坨。外面的脆硬,里面的还是软的。山东馆子最善此道。我认为最理想的吃法,是每人一个清油饼,然后一碗烩虾仁或烩两鸡丝,分浇在饼上。